APOSTAR POR LA SEDUCCIÓN

JENNIFER LEWIS

Editado por Harlequin Ibérica.
Una división de HarperCollins Ibérica, S.A.
Núñez de Balboa, 56
28001 Madrid

I.S.B.N.: 978-84-687-6627-0
Depósito legal: M-19551-2015
Impresión en CPI (Barcelona)
Fecha impresion para Argentina: 29.2.16
Distribuidor exclusivo para España: LOGISTA
Distribuidor para México: CODIPLYRSA
Distribuidores para Argentina: Interior, DGP, S.A. Alvarado 2118.
Cap. Fed./Buenos Aires y Gran Buenos Aires, VACCARO HNOS.

Capítulo Uno

–Líbrate de ella lo antes posibles. Es peligrosa.

John Fairweather miró ceñudo a su tío.

–Estás loco. Deja de pensar que todo el mundo va a por ti.

John no quería reconocerlo, pero estaba nervioso. Le preocupaba que la Oficina de Asuntos Indios fuera a mandar a una contable para fisgonear en los libros del New Dawn. Paseó la mirada por el espléndido vestíbulo del hotel casino: empleados sonrientes, relucientes suelos de mármol, clientes relajándose en grandes sofás de piel. Sabía que estaba todo en orden, pero aun así…

–John, tú sabes tan bien como yo que el gobierno de Estados Unidos no es amigo de los indios.

–Yo sí lo soy. Nos han reconocido como tribu. Hemos conseguido lo que queríamos, hemos construido todo esto. Tienes que relajarte, Don. Solo van a hacer una auditoría de rutina.

–Te crees un gran hombre, con tu título de Harvard y tu brillante currículum, pero para ellos no eres más que otro indio que intenta meter la mano en el bolsillo del tío Sam.

Dentro de John se agitó un sentimiento de exasperación.

–Yo no he metido la mano en el bolsillo de nadie. Hablas igual que los dichosos periodistas. Hemos levantado este negocio con muchísimo trabajo y tenemos tanto derecho a obtener beneficios de él como los tenía yo en mi empresa de *software*. ¿Dónde se ha metido, además?

En ese momento se abrió la puerta y entró una chica joven. John consultó su reloj.

–Seguro que es ella.

Su tío miró a la chica, que llevaba un maletín.

–¿Me tomas el pelo? No parece tener edad suficiente ni para votar.

Llevaba los ojos ocultos tras unas gafas. Se detuvo en el vestíbulo, desorientada.

–Coquetea con ella –susurró su tío–: Muéstrale el encanto de los Fairweather.

–¿Te has vuelto loco? –John vio que la mujer se acercaba al mostrador de recepción. La recepcionista la escuchó y a continuación lo señaló con el dedo–. Oye, puede que sí sea ella.

–Lo digo en serio. Mírala. Seguramente ni siquiera la han besado nunca –siseó Don–. Coquetea con ella, ponla nerviosa. Así se asustará y saldrá huyendo.

–Ojalá pudiera asustarte a ti. Piérdete. Viene para acá –avanzó hacia la joven, tendiéndole la mano con una sonrisa–. John Fairweather. Usted debe de ser Constance Allen.

Le estrechó la mano, que era pequeña y suave. Parecía nerviosa.

–Buenas tardes, señor Fairweather.

4

–Puede llamarme John.

Llevaba un traje de verano azul, más bien suelto, de color marfil, y el pelo recogido en un moño. De cerca seguía pareciendo muy joven y bastante bonita.

–Siento llegar tarde. Me equivoqué de desvío en la autopista.

–No se preocupe. ¿Había estado antes en Massa-chussets?

–Es la primera vez.

–Bienvenida a nuestro estado y a las tierras de los *nissequot* –dijo con satisfacción–. ¿Le apetece beber algo?

–¡No! No, gracias –miró el bar horrorizada.

–Me refería a un café o un té –él sonrió, tranquilizador–. A algunos de nuestros clientes les gusta beber durante el día, pero los que trabajamos aquí somos mucho más aburridos y predecibles –advirtió con fastidio que su tío Don seguía tras ellos–. Ah, este es mi tío, Don Fairweather.

Ella se subió las gafas por la nariz antes de tenderle la mano.

–Encantada de conocerlo.

–Permítame acompañarla a nuestras oficinas, señorita Allen –dijo John–. Don, ¿puedes hacerme el favor de ver si el salón de baile está ya montado para la conferencia de esta noche?

Su tío lo miró con enfado, pero se alejó en la dirección correcta. John exhaló un suspiro de alivio.

–Deje que le lleve el maletín. Parece que pesa.

–Ah, no. No se preocupe –se apartó dando un respingo cuando John hizo amago de agarrarlo.

–Descuide, no muerdo. Bueno, no mucho, al menos –quizá debía coquetear con ella. Necesitaba que alguien la ayudara a relajarse un poco.

Ahora que la veía mejor, notó que no era tan joven. Era menuda, pero tenía una expresión resuelta que demostraba que se tomaba muy a pecho su trabajo, y a sí misma. Lo cual le suscitó el deseo perverso de buscarle un poco las cosquillas.

–¿Te importa que te tutee?

Ella pareció dudar.

–De acuerdo.

–Espero que disfrutes de tu estancia en el New Dawn, aunque hayas venido a trabajar. A las siete hay una actuación en directo. Estás invitada a verla.

–Seguro que no tendré tiempo –se detuvo y miró las puertas del ascensor mientras esperaban.

–Tus comidas corren por cuenta de la casa, por supuesto. Aquí se come tan bien como en cualquier restaurante caro de Manhattan. Y quizá quieras pensarte lo de la actuación. Hoy actúa Mariah Carey. Las entradas se agotaron hace meses.

Se abrieron las puertas del ascensor y Constance se apresuró a entrar.

–Es usted muy amable, señor Fairweather…

–Por favor, llámame John.

–Pero estoy aquí para hacer mi trabajo y no sería oportuno que disfrutara de ciertos… alicientes.

Su forma de fruncir los labios hizo pensar a John en lo divertido que sería besarlos.

–¿Alicientes? No estoy intentando sobornarte, Constance. Es solo que estoy orgulloso de lo que hemos levantado aquí, en el New Dawn, y me gusta compartirlo. ¿Tan mal te parece?

–La verdad es que no tengo ninguna opinión al respecto.

Cuando llegaron a la planta de las oficinas, Constance se apresuró a salir de ascensor. Había algo en John Fairweather que la hacía sentirse muy incómoda. Era un hombre grandullón, imponente y de anchísimos hombros, y hasta el amplio ascensor le parecía estrecho encerrada allí dentro con él.

Recorrió el pasillo con la mirada, sin saber adónde dirigirse.

–Por aquí, Constance –él sonrió.

Constance deseó que dejara de prodigarle aquella simpatía hipócrita.

–¿Qué te está pareciendo nuestro estado hasta ahora?

Otra vez aquel encanto seductor.

–La verdad es que solo he visto la autopista, así que no estoy muy segura.

Él se rio.

–Pues eso habrá que solucionarlo –abrió la puerta de una oficina espaciosa y diáfana.

Constance vio cuatro o cinco habitáculos vacíos y varias puertas de despacho.

–Este es el núcleo central de nuestra empresa.

–¿Dónde está todo el mundo?

–Abajo, en el hotel. Todos pasamos parte del tiempo atendiendo a los clientes. Es el alma de nuestro negocio. Kathy se encarga de responder al teléfono y de los archivos –le presentó a una guapa morena–. A Don ya lo conoces. Se encarga de la publicidad y la promoción. Rita se ocupa de la informática y hoy está en Boston. De la contabilidad me ocupo yo mismo –le sonrió–. Así que puedo enseñarte los libros.

John le lanzó una mirada cálida, y Constance notó en el estómago una sensación molesta. Era evidente que John Fairweather estaba acostumbrado a que las mujeres comieran de su mano. Por suerte ella era inmune a esas tonterías.

–¿Por qué no contrata a alguien para que se ocupe de las cuentas? ¿No está muy ocupado siendo el consejero delegado?

–Soy jefe de contabilidad y consejero delegado. Me enorgullece ocuparme personalmente de todos los aspectos financieros de la empresa. O puede que sea que no me fío de nadie –le enseñó sus dientes blancos y perfectos–. El responsable soy yo –añadió señalándose con el dedo.

«Qué interesante». Constance tuvo la sensación de que acababa de desafiarla a encontrar algún error en sus libros de contabilidad.

–La nuestra es una empresa familiar. Muchos de los empleados de la oficina son miembros de la tribu.

–¿Y dónde está el pueblo? He reservado una habitación en el Cozy Suites, pero no he visto el pueblo al venir hacia aquí.

John sonrió.

–El más cercano es Barnley, pero no te preocupes. Aquí puedes disfrutar de una cómoda habitación.

–Lo cierto es que prefiero alojarme en otra parte. Como te decía, es importante mantener la objetividad.

–No veo en qué va a afectar a tu objetividad dónde te hospedes –sus ojos oscuros la observaron fijamente–. No pareces de las que se dejan influir por halagos. Estoy seguro de que tus principios son demasiado firmes para eso.

–Sí, en efecto –respondió ella–. Nunca permitiría que nada afectara a mi criterio.

–Y una de las mejores cosas de los números es que nunca mienten –él le sostuvo la mirada.

Constante no apartó la suya, a pesar de que el corazón empezó a latirle a toda prisa. ¿Quién se creía que era para mirarla así? Por fin desvió los ojos, sintiendo que acababa de perder una escaramuza. Pero daba igual: al final, ganaría la guerra. Tal vez los números no mintieran, pero la gente que los presentaba sin duda podía mentir. La Oficina de Asuntos Indios había contratado a su empresa, Creighton Waterman, para auditar los libros del casino New Dawn. Estaba allí para cerciorarse de que el casino no mentía al presentar sus balances de ingresos y beneficios, y de que nadie se saltaba ningún procedimiento.

Se armó de valor para mirarlo de nuevo.

–Mi especialidad es ver qué hay por debajo de las relucientes filas de números que presentan las empresas en sus declaraciones anuales. Te sorprenderían las cosas que salen a la luz cuando empiezas a escarbar.

–Para la tribu *nissequot* es un placer someterse a tu escrutinio.

La sonrisa de John Fairweather volvió a producirle una sensación extraña.

–Confío en que los resultados sean satisfactorios.

John le indicó que entrara en uno de los despachos. Era un despacho amplio, pero utilitario. Él abrió un cajón.

–Los balances de ingresos diarios en efectivo, ordenados por fecha. Yo mismo anoto las cifras a primera hora de la mañana, todos los días –apoyó una mano sobre el informe de resultados del año anterior. Era indecente tener unas manos tan grandes.

Desde luego, no se parecía a ningún jefe de contabilidad que Constance hubiera conocido hasta entonces. Razón de más para desconfiar de él.

–Ponte cómoda –John miró su silla.

Constante tuvo que pasar a su lado, rozándolo, para llegar hasta la silla, lo que hizo que se le erizara la piel. John acercó otra silla y se sentó justo a su lado. Abrió el informe de resultados más reciente y señaló el dato de beneficios que figuraba en lo alto de la primera página.

–Como ves, aquí en New Dawn no nos andamos con bromas.

Cuarenta y un millones de dólares de beneficios netos no eran ninguna broma, desde luego.

–Lo que me interesa son los datos en bruto.

John sacó un ordenador portátil del cajón de la mesa y, tecleando, abrió un par de páginas.

–Con esta información te harás una idea bastante clara de nuestro funcionamiento diario. Constance puso unos ojos como platos al ver que le estaba dejando echar un vistazo a los balances diarios. Las cifras podían ser falsas, desde luego. Pero le impresionó lo rápido que John podía pasar de pantalla en pantalla con aquellos dedos tan grandes. ¿Llevaba colonia? Quizá fuera solo desodorante. Su olor se le metía constantemente en la nariz. Su traje gris oscuro no conseguía ocultar la mole viril de su cuerpo, que se hacía aún más evidente ahora que estaba sentado a apenas unos centímetros de ella.

–Esto son informes mensuales que hago de todas nuestras actividades. Si ocurre algo fuera de lo corriente, lo anoto.

–¿A qué te refieres con «algo fuera de lo corriente»? –fue un alivio distraerse y dejar de fijarse en el vello oscuro y suave de sus fuertes manos.

–A que alguien gane una cantidad de dinero sospechosamente grande, a que expulsemos a alguien del casino o a que haya quejas del público o del personal. Me gusta mantenerme al tanto de todos los pequeños detalles para que los grandes no me pillen por sorpresa.

–Es muy sensato –Constance sonrió.

Aquel hombre sabía que la ponía nerviosa.

–¿Cómo es que presentas informes anuales si no sois una sociedad anónima?

–No tengo que rendir cuentas delante de inversores, pero tengo una responsabilidad mayor: respondo ante el pueblo *nissequot*.

Por lo que Constance había leído en Internet, la tribu *nissequot* estaba formada principalmente por su familia inmediata, y la reserva en su conjunto era una interpretación un tanto fantasiosa de la historia local con el único propósito de montar un negocio muy rentable.

—¿Cuántos sois?

—Ahora mismo, unos doscientos que vivan aquí, pero hace unos años solo éramos cuatro. Espero que dentro de unos años seamos miles.

Otra vez aquella sonrisa. Constance apartó la mirada y la fijó en la pantalla.

—Seguramente no os será difícil convencer a la gente de que venga si les ofrecéis beneficios millonarios.

El silencio de John la hizo levantar la mirada. Tenía aquellos ojos penetrantes clavados en ella.

—Nosotros no damos donativos. Animamos a los miembros de la tribu a venir aquí a vivir y a trabajar. Los beneficios van a un fondo fiduciario para toda la tribu y sirven para financiar iniciativas sociales.

—Lo lamento si te he ofendido —tragó saliva—. No era esa mi intención.

—No me has ofendido —John la miró amablemente—. Sería más fácil reconstruir la tribu si repartiéramos cheques, pero prefiero atraer a la gente más despacio, porque de verdad deseen vivir aquí.

—Es lógico —intentó sonreír, pero no estaba segura de que su sonrisa pareciera convincente.

John Fairweather tenía algo que la desconcertaba. Era tan… tan guapo.

–¿Te encuentras bien?

–Quizá me vendría bien una taza de té, después de todo –contestó azorada.

Tumbada a oscuras en su cama del motel Cozy Suites, miraba fijamente el ventilador del techo. Estaba demasiado alterada para dormir. Quería impresionar a su jefa para poder pedirle un aumento y dar la entrada para comprarse una casa. Iba siendo hora de alejarse del ala protectora de sus padres.

Una cosa era volver a casa después de la universidad para ahorrar y otra muy distinta seguir allí seis años después, cuando ganaba un sueldo decente y podía permitirse vivir sola. En parte se debía a que necesitaba conocer a un hombre. Si tuviera una relación de pareja, con un hombre sensato y agradable, los seductores consumados como John Fairweather no surtirían ningún efecto sobre ella, por muy anchos que tuvieran los hombros.

Sus padres no se fiaban prácticamente de nadie, creían que el mundo estaba lleno de sinvergüenzas de los que había que huir como de la peste. Cuando les había dicho que iba a Massachussets a auditar los libros de un casino, habían reaccionado como si acabara de anunciarles que pensaba jugarse todos sus ahorros a los dados. Ella había intentando explicarles que era un gran honor que la empresa la hubiera elegido para cumplir un encargo tan importante de un organismo oficial. Pero se habían limitado a repetirle sus advertencias de siempre acerca de los sinvergüenzas y a recordarle que podía trabajar en la ferretería de la familia.

Pero Constance no quería pasarse la vida mezclando pintura. Intentaba ser una buena hija, pero era inteligente y quería sacar el mayor partido posible a su talento natural. Y si para eso tenía que cruzar fronteras entre estados y codearse con unos cuantos sinvergüenzas, que así fuera.

Si pudiera calmarse un poco…

Una alarma estridente la despertó de pronto y la hizo incorporarse. En el techo comenzó a brillar una luz casi cegadora. Buscó a tientas el interruptor de la luz, pero no lo encontró. Consiguió encontrar sus gafas, salió de la cama y avanzó a tientas hasta encontrar el interruptor, solo para descubrir que no funcionaba.

Un chorro de agua cayó de pronto sobre ella. Ahogó un grito y empezó a balbucear. El aspersor del techo. ¿Un incendio? Corrió hacia la puerta y entonces se acordó de que tenía que llevarse el maletín con el portátil y la cartera. Acababa de encontrarlo junto al armario cuando notó un olor a humo. Frenética, agarró el maletín y corrió de nuevo hacia la puerta. Fuera, en el pasillo de la primera planta del motel, vio que otros huéspedes salían de sus habitaciones. El humo salía de una puerta abierta, dos habitaciones más allá.

Había olvidado ponerse los zapatos. Y la ropa. Tenía un aspecto más o menos decente con el pijama, pero no podía ir así a ningún sitio. ¿Detrás de ella, alguien se puso a toser cuando la brisa empujó el denso humo negro hacia aquel lado del pasillo. Oyó llorar a un niño en una habitación cercana.

—¡Fuego! —gritó instintivamente, y, con el maletín apretado contra el pecho, corrió por el pasillo aporreando todas las puertas y avisando a la gente de que saliera.

Empezó a salir más gente al pasillo. Constance ayudó a una pareja a llevar a sus tres niños pequeños por las escaleras. ¿Estaban todos a salvo?

Oyó que alguien llamaba a emergencias. Subió corriendo las escaleras para ayudar a una pareja de personas mayores que se esforzaba por bajar en medio de la oscuridad y el humo. Corrió luego por el pasillo, golpeando de nuevo las puertas que seguían cerradas.

Sintió una oleada del alivio al ver que varios camiones de bomberos entraban en el aparcamiento. Poco después, los bomberos acabaron de evacuar el edificio y trasladaron a todo el mundo al otro extremo del aparcamiento. Dirigieron sus mangueras hacia el fuego, pero cada vez que las llamas desaparecían en una zona volvían a aparecer en otra. Al poco rato, todo el motel estaba en llamas.

Constance se dio cuenta de que había dejado su maletín en el suelo mientras ayudaba a la gente y no tenía ni idea de dónde estaba. Contenía su ordenador portátil, su teléfono y todas las notas que había tomado para preparar la auditoría. ¡Y su cartera, con su permiso de conducir y sus tarjetas de crédito! Empezó a vagar por la oscuridad, escudriñando el suelo empapado.

–No puede acercarse ahí, señorita. Es muy peligroso.

–Pero mi maletín… Llevaba dentro documentos importantes –su voz sonó patética mientras escrutaba el asfalto del aparcamiento.

–Constance…

Levantó la mirada y vio a John Fairweather delante de ella.

–¿Qué haces tú aquí?

–Soy bombero voluntario. ¿Tienes frío? Llevamos mantas en la camioneta.

–No, estoy bien –refrenó el impulso de mirarse el pijama. ¡Qué vergüenza que la viera así!–. ¿Puedo hacer algo para ayudar?

–Puedes intentar tranquilizar a los demás huéspedes. Diles que vamos a encontrar sitio para todos en el New Dawn. Mi tío Don viene para acá con una furgoneta para recogerles.

–Eso es estupendo.

–¿Seguro que estás bien? Pareces un poco aturdida –la miró con preocupación–. Ven a sentarte.

–¡Estoy bien! En serio. He sido una de las primeras en salir. Voy a hablar con la gente.

John vaciló un momento. Luego asintió con la cabeza y se fue a toda prisa a ayudar a desenrollar una manguera. Constance se quedó mirándolo un segundo. Su camiseta blanca brillaba a la luz intermitente de los camiones, realzando sus anchos hombros.

Avanzó descalza por el asfalto mojado, hasta donde esperaban nerviosos los demás huéspedes.

Les explicó que un hotel de la zona se había ofrecido a acogerles.

Sintió que una mano se posaba en su brazo.

–He encontrado tu maletín. Estaba al pie de la escalera –John llevaba en la mano su maletín, que chorreaba agua.

Constance ahogó un grito de sorpresa y se lo quitó. Comprobó que estaba bien cerrado.

–No deberías haber vuelto a buscarlo –dijo.

–Y tú no deberías haber sacado el maletín antes de escapar –contestó él.

–Mi… mi portátil –estaba a punto de echarse a llorar ahora que lo había recuperado–. Está todo dentro.

–No te preocupes, solo estaba bromeando. A mí también me habría costado mucho dejarme el maletín –su cálida sonrisa alivió un poco la angustia de Constance. Le puso una mano en la espalda–. Vamos al hotel.

Ella notó que le ardía la piel al contacto de aquella mano, pero no quería mostrarse antipática. A fin de cuentas, John le había devuelto su maletín y le había ofrecido un sitio donde alojarse.

–No tengo las llaves de mi coche.

–Mañana conseguiremos otro juego. Yo te llevo –la condujo hasta su vehículo.

A pesar del caos, Constance sintió que le ardía la piel como si todavía estuviera junto a las llamas. Y ahora iba a verse atrapada en su reluciente hotel, en pijama.

Capítulo Dos

–Ha sido una suerte que el motel tuviera una buena alarma contra incendios y que haya podido salir todo el mundo –John conducía su camioneta negra por una carretera comarcal.

–Qué alivio. Me alegro de que los bomberos hayan llegado tan pronto y hayan tenido tiempo de revisar todas las habitaciones. ¿Cuánto tiempo hace que eres voluntario?

–Bueno, me enrolé en cuanto me dejaron –sonrió–. Hace ya más de quince años. De pequeño quería ser bombero.

Debería haberlo sido, pensó Constance. Mucho mejor que convertirse en socio de un casino. Claro que, por otra parte, a pesar del desagrado por el juego que le habían inculcado sus padres, ahora que estaba allí no le parecía que fuera muy distinto a cualquier otro negocio.

–¿Qué te hizo cambiar de idea?

John se encogió de hombros.

–Descubrí que tenía buena cabeza para los negocios. Y en su momento me alegré de dejar este sitio perdido. Me sedujeron las luces brillantes de la gran ciudad.

–¿Nueva York?

–Boston. Nunca he vivido fuera de Massachussets. Pero al cabo de un tiempo empecé a echar de menos mi hogar. Fue más o menos por esa época cuando se me ocurrió montar el casino. Y en cuanto volví, me apunté otra vez al retén contra incendios –su sonrisa irresistible volvió a hacer mella en Constance–. Nadie desenrolla una manguera tan rápido como yo.

Estaban cruzando bosques envueltos en oscuridad, sin una sola casa a la vista.

–No hay mucha gente por aquí, aunque eso no impide que haya incendios. La semana pasada se incendió un granero abandonado. Podría haberse incendiado todo el bosque, sobre todo ahora que está todo tan seco.

–Me parece muy bonito que encuentres tiempo para trabajar como voluntario estando tan ocupado con el casino –comentó, sintiéndose culpable por haberse mostrado un tanto seca con él esa tarde.

–Me gusta hacerlo. Me volvería loco si me pasara la vida sentado detrás de una mesa.

Una de sus manos descansaba sobre el volante. Por un instante, a Constance se le aceleró la respiración al imaginársela posada en su muslo.

Había visto un montón de fotografías suyas en la prensa, acompañado por mujeres glamurosas. Una distinta cada semana, al parecer. No iba a interesarle una contable de tres al cuarto de Cleveland.

–Los incendios son muy estresantes, pero todo lo que has perdido puede reemplazarse. Es lo que hay que recordar.

Constance se volvió hacia él, sorprendida. Ni siquiera había pensado en todas las cosas que había perdido en el incendio.

–Tienes razón. Solo son objetos.

Siguieron avanzando en silencio un minuto.

–Es una lástima que te hayas perdido a Mariah Carey. Estuvo fantástica –John le sonrió.

–Seguro que sí –no pudo evitar devolverle la sonrisa.

–¿Qué clase de música te gusta?

–La verdad es que no escucho música –se removió en su asiento, incómoda.

Constance sintió su mirada curiosa fija en ella.

–Alguna te gustará.

Ella se encogió de hombros.

–Mi padre no permitía que escucháramos música en casa.

–Eso sí que es un crimen. ¿Ni siquiera gospel?

–No. Piensa que cantar es una pérdida de tiempo –arrugó el ceño.

Al madurar y cambiar de perspectiva, había revisado las opiniones de sus padres. ¿Qué tenía de malo escuchar un poco de música? Su padre opinaba que hasta la música clásica era una invitación al pecado y la degeneración. A veces, su amiga Lynn la llevaba en su coche a comer y escuchaban la radio por el camino. Y siempre le sorprendía que hubiera tantas melodías que le daban ganas de mover los pies.

Notó con alivio que estaban entrando en el aparcamiento del casino.

–Entonces, ¿qué hacíais en casa para divertiros?

¿Divertirse? Sus padres no eran partidarios de la diversión.

–No teníamos mucho tiempo libre. Mis padres tienen una ferretería, así que siempre había algo que hacer.

–Imagino que, comparada con ordenar tornillos, la contabilidad debe de ser superemocionante –John le sonrió.

Constance sintió una punzada de irritación, pero enseguida se dio cuenta de que tenía razón.

–Supongo que sí.

Él aparcó delante del New Dawn, se apeó de un salto y consiguió abrirle la puerta antes de que ella se desabrochara el cinturón de seguridad. Era imposible rechazar la mano que le ofrecía sin hacerle un desaire, y Constance no quería ofenderle después de todas las molestias que se estaba tomando para ayudarla. Pero cuando le dio la mano y sus palmas se tocaron, sintió que una emoción extraña le recorría el cuerpo.

Por suerte él le soltó la mano enseguida para abrir la puerta trasera del hotel. Sin embargo, él le pasó el brazo por los hombros. Notó un cosquilleo en la piel. John estaba diciendo algo, pero ella no oía ni una palabra. Seguramente pensaba que aquel era simplemente un gesto amistoso. Le apretó suavemente los hombros.

–¿Verdad?

–¿Qué? –Constance no tenía ni idea de qué acababa de preguntarle.

–Todavía pareces muy aturdida. ¿Seguro que estás bien? –se detuvo un momento y le quitó el brazo de los hombros para mirarla a los ojos–. Quizá deberíamos llamar a la enfermera del hotel.

Se habían detenido junto a un ascensor, y John pulsó el botón.

–Estoy bien, de verdad. Solo un poco cansada –miró con expresión implorante la pantallita digital del ascensor.

–No hay problema –él se sacó un teléfono del bolsillo e hizo una llamada–. Hola, Ramón. ¿La seiscientos setenta y cinco está ya lista? –asintió y le guiñó un ojo a Constance.

Seguramente era un gesto amistoso para decirle que la habitación ya estaba dispuesta. Las habilidades sociales de Constance eran bastante limitadas. Aun así, se le aceleró el corazón como si acabara de correr una maratón.

Se abrieron las puertas del ascensor, entró a toda prisa y pulsó el botón de la planta sexta. John entró tras ella. No dijo nada, pero su sola presencia parecía emitir una especie de vibración. Había en él algo turbador.

Cuando volvió a abrirse el ascensor, Constance salió de un salto y miró a su alrededor intentando descubrir hacia dónde tenía que dirigirse. Dio un ligero respingo cuando notó la mano de John en los riñones.

–Por aquí –la condujo por el pasillo.

Constance caminó tan rápido como podía y suspiró aliviada al notar que él apartaba la mano. John no tenía segundas intenciones. Sencillamente, era uno de esos tipos supersimpáticos que abrazaban a todo el mundo. Se sacó del bolsillo una tarjeta llave y abrió la puerta. La espaciosa habitación atrajo a Constance como un oasis: sábanas blancas y limpias, cortinas de color marfil, cuadros tranquilizadores con escenas campestres.

–Qué bonito.

–Necesito que te quites la ropa para que podamos lavarla.

Constance miró hacia abajo. Tenía el pijama manchado de carbonilla.

–Voy a necesitar algo que ponerme mañana.

–¿Qué talla usas? Les diré a las chicas que te busquen algo.

Tragó saliva. Decirle su talla a John Fairweather le parecía un acto peligrosamente íntimo.

–La treinta y ocho, creo. Que seas algo discreto, por favor. Y pago yo, por supuesto.

Él sonrió.

–¿Crees que voy a decirles que te compren algo provocativo?

–No, claro que no –se sonrojó–. Pero no me conoces muy bien, eso es todo.

–Estoy empezando a conocerte. Y estás empezando a gustarme, además. Has conservado la calma durante el incendio y has ayudado mucho. Te sorprendería cuánta gente pierde la cabeza.

Ella intentó refrenar una oleada de orgullo.

–Soy una persona tranquila. Muy aburrida, de hecho.

Él la miró fijamente a los ojos.

–Estoy seguro de que no eres nada aburrida.

La boca de Constance formó un «oh». El silencio se extendió entre ellos. Ella sintió que se le aceleraba el corazón.

–Será mejor que duerma un poco. Me duele la cabeza –mintió, sintiendo que estaba a punto de perder los nervios.

–Claro. Puedes dejar la ropa fuera, junto a la puerta. Hay una bolsa para la colada en el armario.

–Estupendo –esbozó una sonrisa cortés, ¿o era una mueca?

Sintió que se le aflojaba todo el cuerpo, lleno de alivio, cuando sus anchos hombros desaparecieron y la puerta se cerró suavemente a su espalda.

Se duchó y se lavó el pelo con champú con olor a rosas. Se puso el suave albornoz, guardó el pijama sucio en la bolsa para la colada y la dejó fuera, junto a la puerta.

Por suerte el agua no había penetrado en el maletín y su portátil y sus documentos estaban secos. Lo sacó todo y puso el maletín en una banqueta para que se secara. De momento, no podía hacer nada más. Con un poco de suerte podría relajarse y hasta dormir un rato.

Pero tan pronto apoyó la cabeza en la almohada mullida, oyó que llamaban a la puerta. Se incorporó.

–Ya voy.

Quitó la cadena, entornó la puerta... y vio la inmensa mole de John Fairweather tapando la luz del pasillo.

—Te he traído unas aspirinas —levantó un vaso y abrió la palma de la otra mano para enseñarle un envoltorio con varias pastillas.

—Ah —se había olvidado de su presunto dolor de cabeza. Abrió un poco más la puerta—. Eres muy amable —le quitó las pastillas de la mano, procurando no tocarlo.

—También te he traído ropa de la tienda de abajo. Es una suerte que esté abierta las veinticuatro horas del día.

Constance vio que llevaba una bolsa bajo el brazo.

—Gracias —alargó el brazo para tomar la bolsa, pero John ya estaba entrando en la habitación. Meneó la cabeza y procuró sonreír.

—¿Has encontrado todo lo que necesitabas? —dejó la bolsa sobre la mesa y se volvió hacia ella—. Todavía puedes avisar al servicio de habitaciones. La cocina funciona toda la noche.

—Gracias, pero no tengo hambre.

Él también se había duchado y cambiado. Llevaba unos pantalones deportivos oscuros y una camiseta blanca, un poco arrugada, como si acabara de sacarla de su envoltorio. Tenía el pelo mojado y peinado hacia atrás, lo que realzaba sus facciones bien definidas y sus ojos penetrantes.

Constance pestañeó y se acercó a la bolsa de la ropa. Pero, antes de que llegara, John tomó la bolsa y metió la mano dentro. Sacó un vestido azul de manga larga, muy apropiado para ir a una fiesta.

–La verdad es que no tenemos ropa de oficina en la tienda.

–Es precioso y eres muy amable por habérmelo traído.

–También hemos encontrado unas sandalias que combinan con el vestido –sacó un par de sandalias azules con lentejuelas y la miró con una ancha sonrisa–. No son muy adecuadas para ir a trabajar, pero mejor esto que ir descalza, ¿no?

Constance tuvo que reírse.

–A mi jefa le daría un infarto.

–No se lo diremos –la miró con ojos brillantes–. Estás muy distinta con el pelo suelto.

Ella se llevó las manos al pelo. Por lo menos se lo había secado.

–Sí, ya lo sé. No lo llevo nunca así.

–¿Por qué? Es precioso. Eres preciosa.

Constance parpadeó, azorada.

–Gracias.

Sintió que aquella estúpida sonrisa volvía a extenderse por su boca. ¿Por qué surtía John aquel efecto sobre ella? «Imagínatelo defraudando a Hacienda. Imagínatelo…».

Le falló la imaginación cuando John se inclinó y la besó apasionadamente.

Una oleada de calor embargó a Constance, que de pronto sintió que crispaba los dedos sobre su camiseta de algodón. Notó las manos de John en su espalda. Sus lenguas se tocaron y una corriente eléctrica le atravesó el cuerpo hasta los dedos de los pies. ¿Qué estaba pasando? Su cerebro era incapaz de pensar, pero a su boca no le costaba ningún trabajo moverse.

La barba que empezaba a crecerle en la barbilla a John le arañó la piel ligeramente. Él la rodeó con los brazos. Los pezones de Constance se apretaron contra la tela del albornoz y aquella sensación la recorrió como una sacudida. Clavó los dedos en los músculos prominentes de su espalda y se aferró a su camiseta mientras sus bocas se movían al unísono.

Un zumbido los sobresaltó a ambos, y se separaron.

—Mi teléfono —murmuró él en voz baja, pero no hizo intento de contestar.

Con el ceño un poco fruncido, le apartó un mechón de pelo de la mejilla. Constance parpadeó, preguntándose qué acababa de pasar.

—La verdad es que tengo que… —ni siquiera estaba segura de qué debía hacer. ¿Irse a la cama? ¿Darse una ducha fría? ¿Tirarse por la ventana?

—Tómate esa aspirina. Nos vemos por la mañana —John vaciló mientras el teléfono seguía vibrando en su bolsillo—. A primera hora llamaré a un concesionario para intentar encontrar un juego de llaves para tu coche.

—Gracias —dijo ella débilmente.

John retrocedió un par de pasos sin apartar la mirada de ella. Se despidió con una inclinación de cabeza y salió.

Capítulo Tres

—Gracias por recogerlos a todos anoche, Don —John se recostó en su silla del restaurante del hotel.

—Por ti lo que sea, John, ya lo sabes —su tío bebió un sorbo de café—. Aunque no entiendo del todo por qué decidiste ayudar a una panda de perfectos desconocidos.

John se encogió de hombros.

—No tenían adónde ir. Y Constance Allen estaba entre ellos —sintió un ligero cosquilleo en los labios al recordar su beso. No lo tenía previsto, y la química que se había desatado entre ellos lo había pillado desprevenido.

Don dejó la taza bruscamente.

—¿Qué? No la vi.

—La traje en mi coche —contestó.

—Entonces, ¿está aquí? ¿En el hotel? —los ojos de su tío se agrandaron—. ¿Y no me lo habías dicho?

John bebió un sorbo de café.

—Te lo estoy diciendo ahora.

Don esbozó una media sonrisa.

—¿Te la has ligado? —su tío se rio y dio una palmada en la mesa—. Apuesto a que hoy tendrá cara de conejillo asustado.

John arrugó el entrecejo.

–Tienes que dejar de hacer suposiciones sobre la gente, Don. Estoy seguro de que Constance Allen tiene un montón de facetas que nosotros desconocemos. Anoche en el incendio, por ejemplo, fue de gran ayuda. No se portó en absoluto como un conejillo asustado.

Don ladeó la cabeza.

–Si yo tuviera la mitad del encanto que tienes tú, no volvería a estar solo nunca más.

–Que yo sepa, ahora no pasas mucho tiempo solo.

–El dinero no viene mal en ese aspecto –su tío se rio–. Antes sí pasaba mucho tiempo solo. No tenía el don para ganar dinero con el que naciste tú.

–No es un don. Se llama trabajo duro –miraba continuamente la puerta esperando a que apareciera Constance.

–Ni todo el trabajo del mundo sirve si uno no tiene suerte –Don comió un bocado de huevos revueltos–. La suerte es lo que nos da de comer.

–La suerte la hace uno –John recorrió el comedor con la mirada–. Lo que nos da de comer es la estadística. Cualquiera que sea lo bastante tonto para fiarse de la suerte lo perderá todo tarde o temprano, y la banca siempre gana.

–A no ser que ese alguien sepa cómo engañar a la banca.

–Imposible –John apuró su café–. Yo personalmente me aseguro de ello. Me voy a la oficina. No olvides mandar la nota de prensa sobre la nueva temporada de actuaciones. Quiero darle difusión.

–Lo sé, lo sé. ¿Quién ha contratado a todos esos artistas?

–Tú. Y Mariah Carey estuvo fantástica anoche.

Don sonrió.

–Me encanta mi trabajo.

–A mí también –le dio una palmada en la espalda antes de salir del comedor. Su tío podía ser un incordio, pero en el fondo tenía buen corazón.

Pero, ¿dónde estaba Constance? En su despacho, no. La había llamado a su habitación pero no contestaba. Cruzó el vestíbulo.

–¿Habéis visto a Constance Allen?

Los empleados de recepción negaron con la cabeza. Tendría que subir otra vez a su habitación. Tomó el ascensor hasta la planta sexta. Notaba un hormigueo de emoción en las venas. ¿Por qué había dejado ella que la besara? Viéndolo en retrospectiva, le sorprendía. Parecía tan formal, tan mojigata… Y sin embargo se había abierto para él como una flor y lo había besado apasionadamente.

Estaba deseando ver qué pasaría esa mañana. Seguramente no debería tener aquellas fantasías con la contable que estaba investigando sus libros de cuentas, pero por otro lado sabía que Constance no iba a encontrar nada de malo en ellos, así que, qué más daba. Nadie lo sabría nunca, salvo ellos dos.

Tocó a la puerta.

–Soy John.

Oyó algunos ruidos. La puerta se abrió unos centímetros y un par de ojos castaños lo miraron a través de la rendija.

–Buenos días –John sonrió.

Sintió de nuevo aquella química crepitar en el aire, lo cual era muy extraño, porque no tenía la impresión de que hicieran buena pareja. Tal vez fuera la atracción entre polos opuestos.

–Ah, hola –la puerta no se abrió más.

–¿Puedo pasar?

–No creo que sea buena idea.

John vio que fruncía sus bonitos labios rosas.

–Te prometo que no voy a intentar nada –susurró–. De hecho, no estoy seguro de qué pasó anoche y, si te parece que debo disculparme, te pido disculpas.

La puerta siguió sin moverse. Constance se mordisqueó el labio, lo que tuvo un efecto infortunado en la libido de John.

–He llamado al concesionario por lo de tu coche. Van a programarte una llave nueva y a traerla antes de mediodía.

–Eso es genial. Gracias.

–¿No quieres subir a la oficina a ver los libros?

Constance parpadeó rápidamente.

–Sí. Sí, claro.

–Vale, entonces. No entro yo. Sal tú.

La puerta se cerró un momento y John oyó más ruidos. Luego ella volvió a aparecer llevando su maletín.

–Solo tenía que recoger mi portátil –salió al pasillo.

Estaba guapísima con el vestido azul que él le había llevado la noche anterior, aunque pareciera avergonzada. John no supo si debía hacerle un cumplido o no, y decidió callarse. No quería que se sintiera aún más incómoda. Se había recogido el pelo en un moño muy prieto que le dejaba al descubierto el precioso cuello. Iba sin maquillar y el rubor de sus mejillas acentuaba la frescura de su piel.

–Espero que hayas podido dormir un poco después de las emociones de anoche.

Ella apretó el paso mientras iban hacia el ascensor. John se refería al incendio, pero se dio cuenta de que Constance había pensado que se refería al beso.

–He dormido bien, gracias –contestó ella en tono seco–. Esta mañana me gustaría ver los recibos de vuestros dos primeros años de funcionamiento.

–Claro –la tentación de tocarla era arrolladora–. ¿Has desayunado?

–Quizá pueda ir a buscar un bollo o algo así al comedor antes de subir a tu despacho.

–No hace falta. Pediré que te suban algo de comer –echó mano de su teléfono–. ¿Té o café?

–Ninguna de las dos cosas, gracias. Con un vaso de agua es suficiente.

John la miró de reojo cuando ella pulsó el botón del ascensor. Parecía a punto de estallar. Se le ocurrieron varias formas de ayudarla a relajarse, pero ninguna de ellas era adecuada dadas las circunstancias.

Cuando entraron en el ascensor, encargó por teléfono a un camarero que llevara unos huevos con tostadas y fruta a su despacho. Y un bollo. Y zumo y agua. Pero mientras se concentraba en pedir la comida, notó que esa mañana el ascensor le parecía extrañamente agobiante. Había algo en el ambiente que parecía… vibrar.

Salió detrás de Constance y admiró su forma de caminar por el pasillo. Ella se detuvo y frunció un poco el ceño. John le indicó que abriera la puerta.

–Entra y ponte cómoda.

–¿Hay otro despacho en el que pueda trabajar? No quiero molestarte.

–No es ninguna molestia. Además, tengo cosas que hacer, así que no voy a pasar mucho tiempo aquí –confiaba en que eso la tranquilizara.

Constance puso su maletín sobre la mesa redonda del rincón.

–¿Cuándo has dicho que estarían listas las llaves de mi coche?

–A mediodía. Luego te llevaré al motel para que recojas el coche.

–Repito que no quiero causarte molestias. ¿Hay alguien menos… importante que pueda llevarme? –esquivó la mirada de John al acercarse a su mesa.

–Aquí todos somos importantes. Además, todos los empleados van a estar muy atareados esta mañana: estamos esperando veinte autobuses de jubilados de Cape Cod.

–Ah –arrugó la frente al recoger las carpetas que había sacado el día anterior.

Volcó con el codo, sin querer, un bote con bolígrafos que se desparramaron por la mesa. John agarró uno justo cuando iba a caer al suelo. Sus dedos se rozaron cuando se lo devolvió. Ella apartó la mano como si se hubiera quemado. Aquello hizo aumentar la tensión que crepitaba en el aire.

No debería haberla besado. Constance estaba allí por trabajo y, evidentemente, era muy reservada y formal. No estaba deseando echársele encima. Al contrario. ¿Sería por eso precisamente por lo que se sentía tan atraído por ella? ¿Por el reto que suponía? No, había algo más. Una energía que lo atraía hacia ella. Algo profundo y esencial.

—Avísame si puedo hacer algo por ti —dijo sin segunda intención, pero le gustó ver que ella se ponía colorada al oírle.

Constance cambió de postura, se puso a hurgar en su maletín y pareció a punto de estallar en llamas. John se alegraría de ayudarla a apagar el fuego.

—Tu desayuno llegará en cualquier momento, pero quizá convenga que te traiga un poco de agua ahora mismo.

—Me conformo con un poco de paz y tranquilidad —masculló ella sin levantar la vista.

Se subió las gafas por la nariz con la punta de un dedo. John esbozó una sonrisa. Le gustaba que a ella no le diera miedo ponerse antipática. Sabía que para muchas personas él era un tipo imponente, y resultaba estimulante encontrar a alguien que lo trataba como si fuera un tipo del montón.

—Procuraré no molestarte.

—Bien —siguió sin levantar la mirada.

John se rio al salir del despacho. Todavía notaba el sabor de aquel beso en los labios. Constance era sorprendentemente apasionada debajo de aquella fachada tan formal, y él ardía en deseos de volver a saborear su pasión, aunque no fuera buena idea.

Constance estaba deseando recuperar su coche. Sentada en el vestíbulo del hotel, se sentía como una prisionera en el lujoso antro de perdición de John Fairweather. Vestida con una prenda de seda que jamás habría elegido, rodeada por personas que reían, hablaban en voz demasiado alta y bebían antes de la hora de comer, se sentía fuera de su elemento. Por suerte los archivos del New Dawn estaban bien ordenados, así que seguramente acabaría el trabajo en menos de una semana y podría marcharse de allí.

Oyó el timbre del teléfono y lo sacó del bolso. Era Nicola Moore, su contacto en la OAI, la Oficina de Asuntos Indios.

–Hola, Nicola. Ahora mismo estoy sentada en el vestíbulo del casino.

–Estupendo. ¿Te están dejando acceder a los libros?

–Ah, sí, el señor Fairweather… –hasta decir su nombre hizo que se sonrojara– me ha dado carta blanca para revisar toda la documentación.

–¿Parece auténtica?

–Sí –miró a su alrededor, confiando en que nadie oyera su conversación–. De momento, todo parece estar en orden.

Se hizo un silencio al otro lado.

–Creen que se trata de una auditoría rutinaria, pero si te hemos mandado allí es porque tenemos motivos para sospechar que puede haber fraude.

Constance se puso en guardia.

–Tengo bastante experiencia en este tipo de auditorías. Descuida, examinaré con toda atención cualquier cosa que me parezca sospechosa.

–John Fairweather tiene reputación de embaucador. No te dejes engañar por sus maneras de seductor.

A Constance estuvo a punto de caérsele el teléfono. ¿Se habría enterado de algún modo Nicola Moore de que John la había seducido esa noche?

–Conozco su reputación –susurró–. Soy completamente inmune a su encanto y solo me fijo en los números –al menos, eso pensaba hacer a partir de ese momento.

–Magnífico. El New Dawn ha atraído mucha atención negativa desde su apertura. Nadie se explica cómo pudieron abrir el casino sin endeudarse hasta el cuello, ni cómo es posible que estén obteniendo unos beneficios tan impresionantes. Francamente, damos por sentado que hay algo turbio. Esas cifras no pueden ser reales, es así de sencillo.

Constance arrugó el ceño. No le gustaba que Nicola diera por descontado que se estaba cometiendo un delito. De momento, ella no había visto ningún indicio de delito. John parecía ser un empresario muy meticuloso y responsable, y a ella empezaba a molestarle que su éxito despertara tanta inquina.

Se puso tensa al ver que John cruzaba el vestíbulo hacia ella. Algo en su forma de moverse hizo que se le acelerara el pulso. Le dijo rápidamente a Nicola Moore que la llamaría en cuanto supiera algo nuevo y colgó.

–¿Listo? –preguntó en un tono demasiado jovial.

–Sí. Alguien del concesionario se ha pasado por aquí para dejar la llave nueva.

Constance sonrió y tomó con cautela la llave que él sostenía, sin dejar que sus dedos se rozaran.

–Menos mal.

–Puedes seguir alojándote en el hotel, por supuesto. La verdad es que es el sitio que más te conviene. El Holiday Inn está por lo menos a veinte minutos de aquí, y eso sin tráfico.

–No importa –respondió con voz crispada. ¡Menos mal que había otro hotel! Alojarse allí había sido un error grave. Con un poco de suerte, los dos se olvidarían por completo del disparate de la noche anterior y volverían a centrarse en el trabajo.

John miró su boca un momento y ella entreabrió los labios y aspiró bruscamente.

–Vámonos.

–Claro –él le ofreció el brazo.

Constance no hizo caso y agarró con más fuerza su maletín. No era tan tonta como para pensar que un hombre como John Fairweather podía interesarse de verdad por ella.

En el asiento delantero del cochazo de John, juntó las rodillas y se obligó a concentrarse en la carretera. No quería ver su manaza posada sobre la palanca de marchas, ni fijarse en el movimiento sutil de sus poderosos muslos cuando pisaba los pedales. Procuró fijarse en el paisaje. Los árboles se agolpaban a ambos lados de la carretera, tamizando la luz del sol.

—¿Cómo es que hay tantos bosques? ¿Por qué no hay granjas ni… en fin, ni nada?

—A finales del siglo pasado todo esto eran campos de labor, pero no eran lo bastante rentables, así que fueron quedando abandonados. Si no fuera por la salida nueva de la autopista, seguiríamos estando en medio de la nada.

—Pero, ¿tú te criaste aquí?

—Sí —sonrió.

Constance apretó más aún las rodillas. Por el amor de Dios, solo era una sonrisa.

—Estaba deseando largarme. Este sitio me parecía el más aburrido del mundo. Teníamos cincuenta vacas lecheras y yo tenía que ayudar a ordeñarlas cada mañana y cada noche.

—Será una broma. Yo creía que ahora eso se hacía con máquinas.

—Sí, pero alguien tiene que engancharlas a las máquinas.

—¿Y no les molesta? A las vacas, quiero decir.

—En general, les entusiasma. Imagino que es un alivio descargarse de ese peso.

—Y ahora, en cambio, ordeñas a la gente para que se deje en el casino el dinero que tanto esfuerzo le cuesta ganar. Les ayudas a aligerar la cartera.

John se volvió para mirarla.

—Piensas que lo que hacemos está mal, ¿verdad?

Pero es puro entretenimiento. La gente puede hacer lo que quiera. Pueden venir a jugar o pueden irse a otra parte.

–¿Tú juegas? –preguntó ella súbitamente.

John tardó un momento en contestar.

–No, no juego –dijo por fin–. El juego no es lo mío. Créeme, bastante te arriesgas ya abriendo un casino y un hotel en un lugar perdido de Massachussets cuando todo el mundo quiere que fracases.

–He notado que tenéis muy mala prensa, pero imagino que no os afecta demasiado, teniendo en cuenta el dinero que ingresáis.

–En eso tienes razón –le lanzó otra mirada cálida–. De momento hemos demostrado que se equivocaban, y pienso asegurarme de que siga siendo así.

–¿Por qué la OAI tiene tanto interés en investigar vuestras cuentas?

John se encogió de hombros.

–Por lo mismo, creo. Si estuviéramos endeudados hasta el cuello o hubiéramos pedido una subvención al gobierno, a nadie le extrañaría. Lo que no aceptan es que estemos teniendo éxito y prosperando por nuestra cuenta, sin ninguna ayuda.

–¿Por qué no habéis tenido que pedir dinero prestado?

–Vendí mi empresa de *software* por ochenta millones de dólares. Seguro que lo has leído.

–Sí, pero, ¿por qué arriesgar tu fortuna personal?

–Es una inversión, y de momento está funcionando bien.

Constance no se volvió para mirarlo, pero se imaginó su sonrisa satisfecha. Era un fastidio que fuera tan atractivo. Y además no jugaba… Le estaba costando mucho trabajo encontrar motivos para odiarlo.

John paró de pronto en el aparcamiento de un restaurante y Constance vio su Toyota Camry blanco aparcado a un lado, limpio y reluciente.

–Les he dicho que lo lavaran y lo trajeran aquí. Imaginaba que no querrías ver el motel hecho un desastre.

–Eres muy considerado –lo miró de reojo–. Pero, ¿por qué lo han traído aquí en vez de llevarlo al New Dawn? –preguntó al apearse.

–He reservado mesa para comer.

–¿Qué? –Constance miró el restaurante, que parecía muy caro–. ¡No! No puedo. Tengo que ir a comprar cosas de aseo y ropa. Y tengo trabajo que hacer en la oficina.

Debería llamar a su contacto en la OAI para informarle de ello. Claro que tendría que omitir el pequeño detalle de que se habían besado.

Montó en su coche y puso su maletín en el asiento de al lado. El motor se encendió enseguida y los frenos chirriaron ligeramente cuando salió marcha atrás. Dio media vuelta y se dirigió a la salida. Solo cuando vio a John por el espejo retrovisor, mirándola fijamente, se dio cuenta de lo grosera que había sido. Pero al ver que él sonreía como si todo aquello le pareciera divertido, pisó aún más el acelerador.

***

Sentada a la mesa de su nueva habitación en el Holiday Inn, llamó a su jefa para decirle por qué había tenido que trasladarse y acabó hablando con su amiga Lynn, la recepcionista de la oficina.

–¿Qué tal te va con John Fairweather? ¿Es tan guapo como parece en Internet? –preguntó Lynn.

Constance se removió en su silla.

–No sé a qué te refieres.

–Sé que te gusta fingir que eres una monja, pero estoy segura de que sabes cuándo un hombre es guapo y cuándo no lo es.

–No está mal, supongo –respondió con una sonrisa bobalicona.

–¿Qué edad tiene?

–Treinta y pocos, creo.

–No es demasiado viejo para ti.

–¡Lynn! ¿Se puede saber por qué crees que podemos tener algo en común?

–Los dos sois humanos. Estáis solteros. Y tú eres muy guapa, aunque hagas todo lo posible por disimularlo.

–¿Quieres parar de una vez? –¿de veras era lo bastante guapa para despertar el interés de John Fairweather? Parecía imposible.

–Es solo que me hace ilusión que estés lejos de la mirada siempre vigilante de tus padres. Tienes que aprovechar la ocasión.

–He estado muy ocupada intentando ordenar

41

los papeles del New Dawn y procurando no morir en un incendio.

—Si una solo trabaja y no se divierte nunca acaba volviéndose…

—Aburrida, ya lo sé, y yo lo prefiero —no podía quitarse de la cabeza aquel beso. Sentir los labios de John sobre los suyos, sus brazos rodeándola…— Quizá debería apuntarme a uno de esos servicios de contactos cuando vuelva.

—¡Qué! —exclamó Lynn pasmada—. ¿Lo dices en serio? Ha sido por él, ¿verdad? Esos ojos negros y abrasadores, esos hombros anchos y potentes… Sé que tienes demasiados principios para sentirte atraída por su dinero, así que tiene que ser por su físico.

—Tonterías. Es muy inteligente. Y muy amable —se quedó paralizada al darse cuenta de que acababa de confesar que le gustaba.

Lynn se quedó callada.

—¿En serio? —preguntó lentamente.

—Bueno, no sé. Lo conocí ayer. Seguramente solo está siendo amable para que no hurgue demasiado en su contabilidad.

—No se lo reprocho. De todos modos, yo tampoco debería bromear sobre ese tema. John Fairweather tiene fama de donjuán. Quiero que despliegues tus alas, pero no que te vayas volando derecha a la guarida del lobo.

—Primero me animas y luego me dices que me ande con cuidado. Menos mal que solo me interesan sus libros de cuentas.

–No puedo creer que de pronto tenga que advertirte que no te líes con John Fairweather.

–Yo tampoco me lo creo. Evidentemente, olvidas que soy la misma Constance Allen que solo ha salido con un hombre en toda su vida.

–Pues en cuanto llegues a casa voy a asegurarme de que empieces a salir con otro. ¿Cuándo vuelves, por cierto?

–Dentro de una semana, seguramente. Todo depende de lo que encuentre.

–Espero que encuentres algo. Siempre es bueno para el negocio.

–¿De verdad esperas que haya alguna irregularidad? –se le hizo un nudo en el estómago al pensarlo–. Yo espero que esté todo en orden. Así podré marcharme lo antes posible.

Y preservar la poca dignidad que le quedaba.

Capítulo Cuatro

Compró un par de trajes y blusas y unos zapatos en unos grandes almacenes de la zona. Eran casi las cuatro de la tarde cuando llegó al New Dawn para seguir revisando los libros. Buscó con la mirada algún rastro de John Fairweather, pero no vio su imponente figura por ninguna parte.

Se sentó en la mesa redonda de su despacho y siguió repasando los archivos. ¿Dónde estaba John? Tal vez estuviera enfadado con ella por haberle dado plantón a la hora de la comida. Tenía que darse cuenta de que estaba allí para cumplir con su trabajo y de que ya habían pasado demasiado tiempo juntos.

Siguió trabajando hasta las siete y media sin que nada despertara sus sospechas, y cuando bajó al vestíbulo y no vio a John sintió al mismo tiempo una oleada de alivio y de desilusión. Cruzó el vestíbulo procurando no mirar a su alrededor. ¿Por qué quería verlo? Como había dicho Lynn, era un donjuán.

Atravesó el aparcamiento mientras seguía dando vueltas a aquella idea. ¿Estaba molesta porque John no estuviera allí para coquetear con ella y acosarla? Debería estar indignada, escandalizada, desconfiar de él y de sus intentos de seducirla.

A la mañana siguiente llegó temprano a la oficina. Acababa de ponerse a revisar unas cifras cuando se sobresaltó al oír la voz de John.

–Buenos días.

–Hola, señor Fairweather –dijo secamente.

–¿Señor Fairweather? ¿No crees que es un poco tarde para que me llames así? De hecho, estaba pensando que debería llamarte Connie.

Ella pestañeó.

–Nadie me llama Connie.

–Razón de más –se sentó al otro lado de la mesa redonda–. Tienes muy buen aspecto esta mañana. ¿Por fin conseguiste dormir un poco?

Constance sintió que se sonrojaba.

–Sí, gracias. El Holiday Inn es muy agradable.

–Seguro que sí –ladeó la cabeza–. Es una lástima que esté a veinte minutos de aquí.

–No me importa –¿por qué se estaba azorando?

–Intentaré no tomármelo como algo personal.

Se estaba azorando porque él la miraba fijamente y estaba coqueteando con ella.

Lo vio levantarse, hacer una ligera reverencia y salir del despacho. Se quedó mirándolo a través de la puerta abierta. En parte le daban ganas de cerrar de un portazo y en parte sentía el impulso de correr tras él gritando «¡espera!».

Cerró la puerta pero no echó la llave. En cuanto volvió a sentarse, le sonó el teléfono. Era Nicola, de la OAI.

–Hola, Constance –dijo–. ¿Cómo va todo?

–Bien.

–Me he enterado de lo del incendio. Espero que no te haya alterado demasiado.

–Fue un buen susto, pero por suerte no hubo víctimas.

–¿Ya has tenido tiempo de conocer a alguno de los personajes clave del casino?

Constance titubeó.

–Claro, he hablado con varios.

–No temas hurgar un poco en su vida privada. A menudo es de ahí de donde procede la información más reveladora.

–Eh, claro. Haré lo que pueda.

Arrugó el ceño al colgar. Tal vez fuera buena idea dar una vuelta por la planta del casino. Convenía que viera a los empleados en acción. Guardó los últimos archivos que había estado mirando. Todo parecía estar en orden, pero quizás estaba dejándose engañar. Era hora de salir de allí y echar un vistazo bajo la alfombra. Sintiéndose como una intrépida reportera, recogió su maletín y se encaminó al piso de abajo.

Se acercó con cierto nerviosismo a la zona donde estaban los cajeros, detrás de una barrera, como las taquillas de una estación de tren. Abrió una puerta en la que ponía «solo personal autorizado» y se sorprendió al ver que no estaba cerrada con llave.

–¿Puedo ayudarla en algo? –una chica guapa, con el pelo largo y negro, estaba de pie en el pasillo, detrás de la puerta.

–Me llamo Constance Allen, soy…

La chica le tendió la mano.

–Sé quién es. John nos ha dicho que quizá querría ver esto. Soy Cecily Dawson. Pase –dijo sonriendo.

–¿Le importa que mire un rato cómo trabajan los cajeros?

–Claro que no. Sígame –condujo a Constance a la espaciosa sala donde los cajeros se sentaban a lo largo de una pared, mirando hacia fuera. Llamó con una seña a un joven que estaba detrás de la fila de cajeros–. Darius, esta es Constance Allen.

El joven se acercó.

–Encantado de conocerte, Constance –le estrechó la mano con aplomo. Era casi tan guapo como John.

–¿Puedo sentarme en algún sitio donde no estorbe?

–Aquí no estorbas. Ven conmigo, te enseñaré cómo funciona esto.

–Darius es el encargado de las cajas. Siempre está alerta por si surge algún problema.

–De la clase que sea –él le lanzó una mirada traviesa.

Constance parpadeó.

–No quiero molestarte.

–No me molestas –contestó él con una sonrisa sugerente. ¿También estaba coqueteando con ella?

Constance empezó a arrepentirse de haber bajado.

–Todas las ventas quedan registradas en nuestro sistema central y se cotejan cuatro veces al día. Yo vigilo a los clientes para ver si alguien actúa de manera extraña.

–¿Hay mucha actividad sospechosa?

–De momento no. Tenemos un montón de controles para impedir que los empleados sientan la tentación de meter mano a la caja.

–¿Pertenecéis todos a la tribu de los *nissequot*?

–Solo Cecily y yo, y Brianna, la del fondo –señaló a una chica rubia que estaba contando billetes–. Pero somos todos una gran familia feliz –sonó su teléfono y echó un vistazo a la pantalla–. Nuestro temerario líder viene para acá –les dijo a los cajeros–. Haced como que estáis trabajando –le guiñó un ojo a Constance.

Ella fingió no darse cuenta y se armó de valor para ver a John. Los cajeros dispensaban dinero con amabilidad y eficacia. Bromeaban y parecían pasárselo bien. Los clientes llegaban al casino en un flujo constante a pesar de que era miércoles por la mañana.

–¿Cómo es que hay tanta gente a esta hora del día?

–Tenemos autobuses que recogen a la gente en Boston, Worcester y Springfield, y muchos de nuestros clientes están jubilados.

–¿No es arriesgado que las personas mayores se jueguen los ahorros de toda una vida? –preguntó, ceñuda.

La sonrisa traviesa de Darius volvió a aparecer.

–Puede que sus herederos lo crean así, pero es su dinero, ¿no?

Ella meneó la cabeza.

–No entiendo por qué juega la gente.

–Porque es divertido. Como comprar un billete de lotería.

–¿Tú juegas?

Darius negó con la cabeza.

–John no nos anima a jugar, más bien al contrario. Que yo sepa, Don Fairweather es el único jugador de la familia. ¿Lo conoces?

–Sí. Parece todo un personaje.

–Ya lo creo que sí.

John entró en ese instante y de inmediato clavó la mirada en ella.

–Te estaba buscando.

–Pues ya me has encontrado –Constance levantó la barbilla–. Estaba observando cómo funcionan las cajas.

–Veo que ya conoces a mi primo Darius. Acabó sus estudios hace solo dos años y ya es mi mano derecha –John le pasó el brazo por los hombros–. Vino desde Los Ángeles para unirse a la tribu. Estamos intentando convencer al resto de su familia para que también venga a vivir con nosotros.

–No les apetece mucho vivir en medio de la nada –Darius se encogió de hombros–. Claro que, según van las cosas, dentro de poco esta zona estará muy cambiada.

John miró a Constance un momento.

–Me gustaría enseñarte un poco más todo esto.

–Creo que ya he visto todo lo necesario.

–No me refería solo al casino y al hotel, sino a toda la reserva.

Constance notó que fruncía el ceño. ¿Intentaba

John alejarla de allí por algún motivo? Empezó a sospechar. Pero, por otro lado, Nicola querría que viera todo lo que le fuera posible.

–De acuerdo.

–Estupendo. Empezaremos por el museo. Vamos –señaló la puerta y Constance le precedió, sonriendo a los demás empleados.

–No sabía que teníais un museo –comentó mientras cruzaban las salas de juego llenas de gente.

–Hay muchas cosas que no sabes –él sonrió misteriosamente–. Todas buenas, por supuesto.

–Si estás ocultando un fraude, lo estás haciendo muy bien.

–Me enorgullezco de todo lo que hago –enarcó una ceja con aire provocativo.

–¿Intentas despertar mis sospechas? –preguntó.

–Nada más lejos de mi intención.

A Constance se le aceleró el pulso cuando posó la mano en la base de su columna para conducirla por una puerta en la que no se había fijado hasta entonces. La puerta, en cuyo rótulo decía «Museo tribal», conducía a una sala amplia con relucientes suelos de tarima y paredes altas. Había vitrinas de cristal que contenían piezas de artesanía, y las paredes estaban decoradas con cuadros y textos impresos. Constance avanzó por la sala, llena de curiosidad. En una vitrina había un fajo de hojas oscurecidas por el paso del tiempo y una pluma.

–Eso es el tratado original de 1648 entre los *nissequot* y el gobernador de Massachussets. Entonces nos concedieron ochocientas hectáreas de terreno.

–¿Ochocientas? Pensaba que la reserva tenía menos de ochenta.

–Fueron reduciéndola poco a poco con los años.

–¿El estado?

John meneó la cabeza.

–Particulares, sobre todo: agricultores, empresarios, gente avariciosa.

–Tus antepasados debieron de venderles esas tierras.

–Solo intentaban sobrevivir –declaró él.

–De eso no se les puedes culpar. Al parecer, lo consiguieron –ella le sonrió.

El museo no tenía muchas piezas, pero estaban expuestas con esmero y acompañadas por gran cantidad de información escrita. Un largo manto verde expuesto en una vitrina llamó su atención. No tenía cuentas ni plumas, pero sí bordados negros.

–Ese manto lo llevaba el jefe John Fairweather cuando inauguró la primera escuela de esta parte de Massachussets –le explicó John–. Permaneció abierta hasta 1933, cuando los últimos alumnos se marcharon en busca de trabajo, durante la Gran Depresión.

–¿El edificio sigue existiendo? –preguntó Constance.

–Sí. Lo estoy restaurando, junto con la vieja granja de mis abuelos.

–Eso es maravilloso. Yo no tengo ni idea de la historia de mi familia antes de la generación de mis abuelos.

–¿Por qué?

Ella se encogió de hombros.

–Supongo que a ninguno nos ha parecido interesante.

–¿De dónde procede tu familia?

–No lo sé. De todas partes, supongo. Puede que ese sea el problema.

–Bueno, la verdad es que ahora mismo los *nissequot* procedemos de todas partes. Yo ni siquiera sé quién era mi padre. Los Fairweather son mi familia materna.

Constance observó un dibujo a plumilla de un hombre y una mujer con ropajes tradicionales.

–¿Así es como imagináis que vestían vuestros antepasados?

–No. Es un dibujo auténtico que hizo en su diario privado la hija de uno de los primeros gobernadores de Massachussets. Lo encontré escarbando en los archivos.

–Es impresionante.

John la condujo por el museo. Desconectó la alarma de la salida de emergencia marcando un código y salió a la luz del sol. Detrás del edificio había aparcada una gran camioneta negra.

–Mi vehículo no oficial. Sube.

–¿Adónde vamos?

–A que conozcas a mis abuelos.

Constance subió, llena de curiosidad.

–Vas a gustarles, lo intuyo –comentó él.

–¿Por qué?

–Porque eres simpática.

–¿Simpática, yo? Yo no soy simpática.

John se echó a reír.

–Cierto, ayer estuviste muy antipática cuando me dejaste plantado en el restaurante. Pero a ellos vas a parecerles simpática.

Nunca le habían dicho que era simpática. Ordenada sí, y también eficiente, y educada, y solícita, y exigente, y quisquillosa, y…

–No estoy segura de que en mi trabajo convenga ser simpática.

–Puede que te hayas equivocado de trabajo.

–Mira quién habla.

–Yo soy simpático –John miró por el retrovisor y luego volvió a mirarla–. Pregúntale a quien quieras.

–Si le pidiera a alguien que te describiera, estoy segura de que «simpático» no sería la primera palabra que se le vendría a la cabeza. Sería más bien «cabezota», o «implacable» o «decidido». Y eso solo basándome en los artículos que he leído sobre ti.

–No creas todo lo que lees en los periódicos. También dicen que soy un sinvergüenza y un arrogante. Supongo que les darías la razón.

Constance vio que sonreía de soslayo.

–Desde luego que sí –ella también sonrió–. Y dicen que te has sacado de la manga todo eso de la tribu *nissequot* para poder abrir el casino y forrarte.

–Bueno, eso es cierto en parte –la miró–. Por lo menos así fue como empezó.

–¿No te parece mal explotar el legado de tus antepasados para obtener beneficios?

–No –se desviaron hacia otra carretera rural–. Mis antepasados sobrevivieron a la guerra, al sarampión, al racismo y a muchas más cosas durante cuatrocientos años. Ni siquiera fueron ciudadanos estadounidenses hasta 1924. No me siento mal por aprovecharme del sistema que intentó destruirnos –su voz sonaba tan serena como de costumbre, pero Constance percibió la pasión que latía por debajo–. Si puedo hacer algo por ayudar a mi pueblo a seguir adelante, lo hago encantado.

Ella no supo qué decir. Se habían detenido frente a una bonita casa neocolonial de color amarillo. John se apeó de un salto y le abrió la puerta mientras ella intentaba ordenar sus pensamientos.

–¿Esta es la granja original? –preguntó al bajarse de la camioneta.

–No, qué va. Esta la construimos hace solo tres años. La casa vieja estaba hecha un desastre.

Se abrió la puerta de la casa y apareció un señor de cabello blanco.

–Hola, Big John.

–¿También se llama John?

–Sí –echaron a andar por el camino de baldosas de pizarra.

–Entonces, ¿tú eres Little John?

Él sonrió.

–Supongo que sí. Pero si me llamas así no respondo de mis actos.

A Constance le dieron ganas de reír. Cuando subieron los peldaños, vio que John era mucho más alto y corpulento que su abuelo.

–Esta es Constance. Ha venido nada menos que desde Ohio para darme un poco la lata.

Big John le tendió su mano nudosa.

–Encantado de conocerte, Constance –le estrechó la mano calurosamente–. Ten cuidado con mi nieto. Es un tipo de cuidado. Pasad.

Entraron en el soleado recibidor, donde salió a darles la bienvenida una mujer alta y guapa de unos setenta años.

–Esta es mi madre, Phyllis. Bueno, en realidad es mi abuela, pero fue ella quien me crio, así que siempre la he llamado mamá.

–Hola, Constance –Phyllis le estrechó la mano con firmeza–. John rara vez trae a una chica a casa –la observó de pies a cabeza con sus ojos luminosos.

–Bueno, yo en realidad no soy… –¿qué? ¿Una chica? Miró a John con nerviosismo.

–¿Qué? –preguntó él.

–Estoy aquí por trabajo –Constance miró a sus abuelos–. Representando a la OAI.

–No me digas –dijo Big John, y su expresión se endureció.

–Acabo de enseñarle nuestro museo –explicó John esbozando una sonrisa–. Y he pensado que tenía que conocer el verdadero motivo de que estemos todos aquí. Mi madre murió cuando yo era pequeño –añadió dirigiéndose a ella– y mis abuelos me criaron y me hicieron cobrar conciencia de nuestras raíces indias. Aunque tengo que reconocer que de pequeño no me interesaba mucho el tema.

Su abuelo se echó a reír.

–Solo quería saber si a los *nissequot* les gustaba luchar.

–Pero ellos se empeñaban en enseñarme todo lo que sabían, y debió de surtir efecto, porque me acuerdo de todo.

–¿Cómo es que conocían esas leyendas? ¿Están escritas en alguna parte? –preguntó Constance.

–Algunas sí. Otras se recitan o se cantan –respondió Phyllis–. Mientras quede una sola persona en cada generación que pueda transmitirlas, no perecerán. Es una gran suerte que tengamos a John. Es el líder que necesitábamos para salvar a la tribu de la extinción y que florezca otra vez.

–Y yo que pensaba que solo intentaba ganar pasta –le guiñó un ojo a Constance.

–Los caminos del espíritu son inescrutables –comentó su abuelo–. Creíamos que intentábamos sacar adelante una vaquería y en realidad estábamos conservando nuestros derechos sobre estas tierras hasta el día en que John pudiera hacerse cargo de todo.

–John nos compró ocho vacas como regalo las Navidades pasadas –Phyllis le sonrió.

–Ganado de engorde –dijo John encogiéndose de hombros–. Se acabó el ordeñar.

–Echaba de menos los mugidos de las vacas.

–Son una inversión. Buen ganado de cría.

Phyllis sonrió a Constance.

–Es mucho más sentimental de lo que aparenta.

–Tonterías –resopló John–. Bueno, nos vamos. Solo quería que Constance viera que no sois solamente números en una hoja de cálculo ni nombres en un censo.

–Ha sido un placer conocerles –Constance sonrió y siguió a John, que ya había salido de la casa.

Sus abuelos se quedaron mirándolos con expresión divertida. Él bajó de un salto los peldaños y subió a la camioneta. El motor ya estaba en marcha cuando Constance se encaramó a su asiento.

–Parecen muy simpáticos.

–Igual que yo –le guiñó un ojo.

–Tengo que reconocer que pareces mucho más agradable que en las historias que cuenta la prensa sobre ti.

–Te dije que no creyeras todo lo que publican. Pero no empieces a pensar que soy un blando. Puedo ser implacable si es necesario.

–Conque implacable, ¿eh?

John fijó sus oscuros ojos en ella un momento. Constance sintió un escalofrío y se acordó del poder alarmante que ejercía sobre ella.

–No tengo piedad.

John Fairweather sabía perfectamente lo que hacía en cada momento. También cuando la había besado. A Constance le convenía recordarlo.

Capítulo Cinco

Esa tarde, en el despacho de John, Constance se concentró en los gastos del casino, sin encontrar nada sospechoso. A eso de las seis salió del despacho lista para regresar a su hotel. Era un alivio saber que podría marcharse un día o dos después. Todo parecía estar en orden y John y ella sin duda se alegrarían de no volver a verse.

Hablando de John, allí estaba, caminando por el pasillo hacia los ascensores. Se le aceleró el corazón al verlo. Estaba hablando con una empleada llamada Tricia.

–Buenas noches –murmuró Constance al pasar junto a ellos.

–¡Constance! –exclamó él–. Baja conmigo al casino a ver cómo van las cosas. Por las noches se anima muchísimo. Tienes que verlo en plena acción.

–No, gracias. Tengo que volver al hotel –contestó, pero John pasó a su lado y pulsó el botón del ascensor antes que ella.

–¿Vas a relajarte cuando deberías estar examinando detenidamente el funcionamiento de nuestra empresa? Me sorprendes, Constance.

Ella lo miró, sintiendo de pronto el impulso de defenderse.

–En realidad lo único que me interesa es el papeleo.

John levantó una ceja.

–Creo que estás siendo negligente. Tengo la impresión de que la OAI querrá conocer con todo detalle cómo funcionamos. No me extrañaría que quisieran un informe completo de todos los que trabajamos aquí.

–Pues para eso tendrán que contratar a un detective privado. Yo soy contable.

Se abrió el ascensor y entró a toda prisa en él. Naturalmente, John la siguió. Constance empezó a sudar debajo del traje.

–Hasta ahora solo has visto el casino de día –comentó él–. Tienes que verlo por la noche, cuando viene la mayor parte de nuestra clientela. Es el mejor modo de ver cómo funcionamos.

Tenía razón. Si su jefa estuviera allí, le diría que se quedara. ¿Debía permitir que la atracción que sentía por John le impidiera hacer su trabajo?

–Supongo que tienes razón. Pero no hace falta que me acompañes. No quiero molestarte.

Constance volvió a ver aquel brillo travieso en su mirada.

–Al contrario, será un placer.

Cuando se abrieron las puertas del ascensor, Constance echó a andar hacia las salas de juego. ¿Le estaría mirando John el trasero? Sintió que contoneaba las caderas un poco más de lo normal y enseguida dejó de hacerlo. Pero seguramente se estaba dejando llevar por su imaginación.

–Vamos a por algo de beber para ti –dijo él.

–¡No! –exclamó ella al instante.

John sonrió.

–En los bares del casino hay zumo de frutas recién exprimido. Leon hace una mezcla deliciosa de zumo de piña fresco con leche de coco y una pizca de especias. Sin una gota de alcohol.

–Suena bien.

John pidió dos zumos que les llevaron en grandes copas de cristal con el logotipo del casino, un sol naciente. Él levantó la suya.

–Por que descubras todo lo que hay que saber sobre nosotros y te guste lo que veas.

Constance se limitó a asentir con la cabeza. Bebió un sorbo de la bebida, que le pareció deliciosa.

–Reconozco que está buenísimo.

–Siempre les estoy pidiendo que inventen nuevas mezclas. No hay razón para que los abstemios tengamos que quedarnos a dos velas.

–¿No bebes alcohol?

–No, nunca. Fue el alcohol lo que mató a mi madre. Tenía veinte años. Murió en un accidente de coche. Se salió de la carretera. No habría pasado si hubiera estado sobria.

–Lo siento mucho.

–Yo también, aunque no la recuerdo. Solo tenía seis meses cuando murió. Mis abuelos me hicieron jurar que jamás tocaría el alcohol y lo he cumplido.

–Muy sensato por tu parte –su insulsa respuesta la avergonzó–. ¿No estás resentido con ella por no haber estado ahí, a tu lado?

Se quedó callado un momento y la miró con una expresión extraña.

–Sí. Cuando era más joven estaba muy enfadado con ella por no haber tenido más cuidado. Pero gracias a eso estoy muy pendiente de los chicos jóvenes que trabajan aquí. Sobre todo de los que han venido desde lejos para unirse a nosotros. Soy un gran fan de los sermones.

Ella sonrió.

–Hablas como mis padres. Crecí alimentándome de sermones.

–Y mira lo bien que has salido.

–Hay quien diría que soy más conservadora de lo que me conviene.

–Y yo sería uno de ellos –le guiñó un ojo–. Aun así, eso es mejor que algunas alternativas. Pero vamos a ver las mesas de ruleta.

–No pensarás hacerme jugar, ¿verdad?

John se echó a reír.

–No voy a obligarte a nada que no quieras.

¿Qué tenía Constance que le atraía tanto? John estaba junto a ella mientras la ruleta giraba y la bola bailaba entre el negro y el rojo. Era tan distinta a las mujeres sofisticadas que solían acercarse a él.

Sabía, sin embargo, que su atracción era mutua. El brillo de sus ojos cuando lo miraba, el rubor de sus mejillas, el modo en que se inclinaba hacia él sin darse cuenta… Todo ello evidenciaba un deseo que vibraba entre ellos con tanta intensidad que casi se podía oír cómo crepitaba en el aire. Constance se resistía a aquel deseo, pero de algún modo ello solo conseguía aumentar la tensión que había entre ellos.

La bola cayó en una ranura y la ruleta se detuvo lentamente. Una mujer chilló entusiasmada y sonrió cuando el crupier empujó hacia ella un montón de fichas. John miró a Constance y vio que esbozaba una sonrisa.

–Por eso siguen viniendo –comentó en voz baja.

–Entiendo que les parezca divertido –susurró inclinándose hacia él–. Pero yo prefiero ganar dinero de la manera tradicional.

–Yo también. Prefiero el trabajo a la suerte –se arrimó a ella para sentir el calor de su piel–. Pero cada cual es distinto.

¿Le gustaba ella porque era distinta? En realidad, no había razón para que coqueteara con aquella mujer. Constance estaba allí por motivos profesionales, y no debía pensar siquiera en tener una aventura con ella. Y sin embargo no podía evitarlo.

Como había prometido, no tenía intención de forzarla a hacer nada que no quisiera hacer. Pero, ¿y si sí quería? Eso era otra historia.

Una vez, en una fiesta universitaria, alguien había dado a Constance un vaso de zumo de naranja mezclado con vodka sin decirle lo que contenía. Todavía recordaba cómo se le había nublado la vista y cómo se había reído de cosas que no tenían gracia. En ese instante se sentía igual, aunque no había bebido nada más que zumo de frutas en toda la noche.

–Y entonces, como esa temporada habíamos ganado todos los partidos, no me dejaron marcharme –John se inclinó hacia ella y sus brazos se rozaron.

Constance sintió un hormigueo en la piel.

–Fue un fastidio –continuó él–. Yo solo quería estudiar estadística, y tuve que pasar horas y horas tomando el sol y el aire fresco, qué aburrimiento –se rio.

Estaba contándole que se había apuntado al equipo de fútbol de la facultad únicamente por el dinero de la beca y, casualmente, se había convertido en el jugador estrella. Cómo no. Era una de esas personas que destacaban sin esfuerzo en todo lo que hacían.

–Debe de ser un incordio ser tan bueno en todo.

–¿Crees que estoy dándome aires?

–No me cabe ninguna duda –procuró disimular una sonrisa.

En realidad, ansiaba saber más cosas sobre su vida. Al principio se había dicho que solo estaba «investigando». Ahora sentía tanta curiosidad que no podía parar de preguntarle.

–¿Qué opinaban de ti tus compañeros de equipo?

–Bueno, al principio se burlaban de mí. Me tomaban el pelo por ser de un rincón perdido de Massachussets. Pero pararon de reírse cuando vieron lo rápido que corría.

–¿Todavía corres así de rápido?

Sus manos se rozaron accidentalmente cuando se llevó la bebida a los labios. Se habían trasladado a un sofá, cerca de las mesas de *blackjack*, desde donde podían ver toda la sala. Sus muslos también se rozaban.

–No sé. Últimamente no lo he intentado, aunque soy muy rápido jugando al *squash*. ¿Tú practicas algún deporte?

–No. Mis padres pensaban que los deportes eran una pérdida de tiempo.

–¿Y nunca hacías nada que no quisieran tus padres?

–Nada importante. Leí algunos libros que no les gustaban, y nunca se enteraron de que tuve un novio.

–¿Tuviste un amante secreto?

–No, no fue eso. Íbamos juntos a la universidad en otra ciudad, así que no lo conocían.

–Y no les hablaste de él. ¿Es que no les habría gustado? –John enarcó una ceja.

Constance se rio.

–No. Eso es lo raro. Era tan aburrido que seguramente les habría gustado.

–¿Por qué salías con él si era tan aburrido?

–Porque me gustan las cosas aburridas.

John la miró a los ojos y ella se estremeció.

–¿Por qué?

–Porque es previsible, tranquilizador. No me gustan las sorpresas.

–O al menos eso crees –levantó una ceja–. Ven

conmigo –la agarró de la mano y la ayudó a levantarse.

–¿Adónde vamos?

–Es una sorpresa.

–Ya te he dicho que no me gustan las sorpresas – sintió un cosquilleo de emoción.

–No te creo –la llevó hacia los ascensores.

Caminaban tomados de la mano, como una pareja, y aunque la idea la horrorizaba Constance se dio cuenta de que al mismo tiempo le producía una extraña emoción. Debía apartar la mano, pero no lo hizo. Él pulsó el botón del último piso y le lanzó una mirada enigmática.

–Ni siquiera voy a preguntar –murmuró Constance intentando mantener los ojos fijos en la puerta.

El ascensor se detuvo en el último piso y Constance se llevó una sorpresa cuando se abrieron las puertas y vio el firmamento.

–¡Una azotea! –la amplia terraza de mármol bordeada de plantas refulgía bajo las estrellas–. ¿Cómo es que no hay nadie aquí arriba?

–No está abierta al público, a no ser que alguien la reserve para un evento.

–Cuántas estrellas…

–Es bonito estar aquí arriba, encima de todas las luces. Subo aquí cuando necesito ver las cosas desde otra perspectiva.

–Sí, sentirse como una motita de polvo en el universo lo pone todo en perspectiva.

–¿Verdad que sí? Las preocupaciones que nos quitan el sueño a los humanos no son nada.

John seguía agarrándole la mano. La condujo hasta un gran sofá y se sentó junto a ella. Sus muslos se rozaban y el aire fresco de la noche intensificaba el calor de su cuerpo.

–¿A ti qué te preocupa, Constance? –él le apretó la mano ligeramente.

–A veces me preocupa no marcharme nunca de casa de mis padres –se rio.

–¿Por qué no te has ido? Debes de ganar suficiente para alquilar una casa.

–La verdad es que no sé por qué. Siempre pienso que lo voy a hacer, y luego pasa otro mes, otro año, y allí sigo.

–Puede que estés esperando a encontrar pareja.

–Seguramente –aquella confesión la sorprendió–. A fin de cuentas, siempre me han dicho que una buena chica tiene que vivir en casa de sus padres hasta que se case.

–¿Por qué no has encontrado aún a la persona indicada?

–Trabajo en una asesoría. No es precisamente el lugar más romántico del mundo –sonrió.

–¿Es que los contables no necesitan amor?

–Por lo visto, no. ¿Y tú? ¿Por qué no te has casado? –preguntó con curiosidad.

–Sí que me he casado.

Su respuesta le sorprendió tanto a Constance que intentó apartar la mano.

–¿Estás divorciado? –logró desasirse por fin.

Él asintió con la cabeza.

–Hace mucho tiempo. No lo sabe casi nadie. Me

casé en el instituto, justo antes de irme a la universidad. Pensé que así nos mantendríamos juntos a pesar de la distancia física.

–¿Por qué os separasteis?

–Yo estaba tan centrado en los estudios que no tenía tiempo para ella y conoció a otro chico. Eso me demostró que el matrimonio no es algo que se dé sin más. Hace falta mucho trabajo para mantenerlo vivo.

–¿Y desde entonces te da miedo intentarlo otra vez?

–Sí –sus ojos brillaron en la oscuridad–. Sé que estoy muy ocupado con el negocio y con la tribu, y no quiero defraudar a nadie más.

–Ah –sintió una punzada de decepción. ¿De veras había imaginado en algún rinconcito de su mente que John podía sentir algo serio por ella?–. Entonces seguramente no volverás a casarte.

–Seguro que sí –contestó él con convicción–. No me des por perdido todavía.

–Veo que lo tienes muy claro –ella correspondió a su sonrisa. ¿Por qué reaccionaba de aquel modo? Cualquier mujer sensata se levantaría de un salto e iría a admirar las vistas, en lugar de quedarse allí, junto a un hombre que reconocía que no tenía tiempo para una relación de pareja.

–Lo tengo clarísimo, sí. Dejando aparte cualquier consideración personal, tengo una responsabilidad para con la tribu. Debo contribuir a traer al mundo a la próxima generación –le guiñó un ojo.

Ella no pudo evitar reírse.

–¿Significa eso que tienes que casarte con una *nissequot*?

–No, nada de eso –su mirada se volvió seria–. No exigimos a los miembros de la tribu que tengan un porcentaje concreto de sangre india.

–Pensaba que esas normas se establecían para que los beneficios vayan a parar a un número limitado de personas: las subvenciones del gobierno, los ingresos del casino y esas cosas.

–¿Y de qué le sirve eso a nadie, salvo a la gente que intenta que sigamos siendo muy pocos con la esperanza de que al final nos extingamos? Si intentas que algo se mantenga inmutable, acaba por morirse. Yo estoy aquí para asegurarme de que ocurra justo lo contrario –volvió a tomarla de la mano y ella no la apartó. John le besó la palma.

La miró con una expresión tan intensa que Constance apenas podía respirar. Sintió una oleada de calor y, casi sin darse cuenta, se arrimó a él. Debía intentar alejarse, o levantarse y regresar al ascensor. Pero parecía hechizada.

Los labios de John tocaron los suyos muy suavemente, rozándolos apenas. Constance cerró los ojos y aspiró su sutil aroma masculino. Rozó la lengua de John con la suya, abrieron ligeramente la boca y se besaron.

Ella deslizó los dedos bajo la chaqueta de su traje. Él posó las manos a ambos lados de su cintura, atrayéndola hacia sí. Constance notó la aspereza de su barbilla mientras la besaba. Se inclinó hacia él, tiró de su camisa y metió los dedos debajo para tocar la cálida piel de su espalda. John la sentó sobre su regazo sin dejar de besarla. Constance tenía los pezones tan sensibles que sintió el roce de la tela de sus solapas a través de la blusa y se apretó contra él.

No supo cuánto tiempo pasaron besándose, pero no quería parar. El placer de abrazar a John, de tocarlo y besarlo era tan intenso que no recordaba nada parecido. Cuando sus labios se separaron por fin, apenas encontró fuerzas para abrir los ojos.

–Hay algo muy fuerte entre nosotros –murmuró él.

–Sí –susurró Constance, y le lamió los labios levemente.

Cuando él deslizó la mano hacia arriba, ella la condujo hasta uno de sus pechos y se estremeció al sentir el peso de su palma sobre el pezón. Cuando John apartó la mano, Constance dejó escapar un gruñido de queja. No quería que parara.

–Ven conmigo –la hizo levantarse con delicadeza.

Ella estaba tan embriagada por la excitación que apenas podía caminar.

–¿Adónde vamos?

–A un sitio más íntimo –la estrechó entre sus brazos–. No te preocupes, está cerca.

Volvieron al ascensor, John enlazándola por la cintura. Pero el esfuerzo de caminar sacó a Constance de la neblina sensual que la envolvía. ¿Qué estaba haciendo? Debía de estar poseída por una especie de locura. Aun así, no iba a apartarse de su cálido abrazo. Apoyó la mano sobre la suya y disfrutó de su cercanía.

John pulsó el botón del ascensor.

–Este ascensor también lleva directamente a mi suite –explicó.

–Ah, qué bien –al oírse a sí misma, pestañeó. ¿Se alegraba de que fuera a llevarla a su apartamento?

Sí, se alegraba.

Entraron en el ascensor. La suite de John estaba en la última planta del hotel, justo debajo de la terraza de la azotea, de modo que unos segundos después volvieron a abrirse las puertas y salieron directamente a su suite.

–¿Nunca se ha confundido nadie de botón y ha acabado en tu suite?

Él sonrió y negó con la cabeza.

–Hay que introducir un código para ir a esta planta o a la azotea. Descuida, no van a molestarnos.

John la condujo a su dormitorio.Ella miró la cama con desconfianza. ¿Cuántas mujeres habían pasado por ella? ¿De veras iba a ser la siguiente en la larga lista de chicas que habían sucumbido a su encanto irresistible?

John se volvió hacia ella, le pasó los brazos por la cintura y la apretó contra sí. Ella levantó la cara para salir al encuentro de su boca y el beso volvió a sumirla en aquel mundo íntimo y embriagador.

Capítulo Seis

John percibió sus dudas mientras la besaba. Ella no tenía mucha experiencia. Lo notó por su reacción azorada a sus avances más inofensivos, pero de algún modo eso alimentó su pasión. Aquella mujer hermosa había llevado una vida apacible, libre de deseo y de complicaciones, siempre inmersa en sus libros de cuentas, sin arriesgar nunca el corazón. Era como una caja fuerte con una combinación larga y compleja, y él ardía en deseos de girar la rueda hasta que hiciera clic y se abriera la puerta.

La ayudó con delicadeza a quitarse la chaqueta del traje y sintió el calor de su cuerpo a través de la blusa mientras seguía besándola. Luego comenzó a desabrocharle la blusa. Primero un botón. Luego, un beso. Después, otro botón, y otro beso. Constance entreabrió los ojos y el brillo de excitación de su mirada disparó el deseo de John.

Ella metió las manos bajo su camisa y le acarició la espalda. Cuando las introdujo bajo la cinturilla de sus pantalones, John sofocó un gemido. La llevó hasta el borde de la cama y la hizo sentarse suavemente. Luego se arrodilló delante de ella y le apartó la blusa para dejar al descubierto el sujetador. Ella lo observó con curiosidad cuando inclinó la cabeza sobre uno de sus pechos y humedeció la tela del sujetador con la lengua. El pezón se le endureció, y ella dejó escapar un murmullo de placer.

Pasó los dedos por el pelo de John, animándolo a seguir mientras él lamía y chupaba primero un pecho y luego el otro. Luego, bajó la cabeza para trazar una línea con la lengua hasta su ombligo. Constance contuvo la respiración cuando llegó a la cinturilla de su falda.

–Túmbate –murmuró él.

Ella se tumbó de espaldas sobre el cobertor. Tensó los muslos cuando él le desabrochó la falda y empezó a bajársela por las piernas. A John le sorprendió ver que debajo de la falda llevaba unas bonitas bragas de encaje.

No le separó las piernas a pesar de que ansiaba saborearla a través del encaje. Besó sus muslos, sus rodillas, sus piernas y ella fue relajándose poco a poco. Se aventuró indeciso hacia su sexo. Ella se estremeció cuando pasó la lengua por encima de las bragas y gimió cuando comenzó a lamerla a través del delicado tejido.

Tan pronto estuvo completamente relajada y palpitante de deseo, le quitó del todo la blusa. Ella echó mano de los botones de su camisa y tiró de ellos. Su ansia sorprendió a John. Con su ayuda, se desabrochó el cinturón y se quitó los pantalones y la camisa.

Luego, Constance vaciló y frunció un poco el ceño, mirando sus calzoncillos. John estaba excitado casi hasta la locura, y se notaba. Se preguntó por un instante si ella daría marcha atrás, pero un segundo después notó que sus dedos se deslizaban bajo la cinturilla del calzoncillo y empuñaban su sexo.

Constance no recordaba haber estado nunca tan excitada. Se moría de ganas de sentirlo dentro de ella.

—Espera —ordenó él con voz ronca—. Antes de que nos dejemos llevar y se nos olvide.

Buscó en la cómoda cercana y sacó un preservativo. Después de ponérselo, se acercó y ella volvió a empuñar su miembro. Casi temblaba de emoción cuando la guio hacia su interior y él se inclinó sobre ella. La besó al tiempo que la penetraba, lenta y cuidadosamente, y Constance levantó las caderas para recibirlo. Al sentirlo dentro de sí, se le aceleró la respiración. Crispó los dedos sobre su espalda y los deslizó hasta su pelo. John comenzó a moverse con suave intensidad, sumiéndola más y más en un mundo de pasión y placer.

—Estoy loco por ti —le susurró al oído mientras ella jadeaba.

—Yo también —murmuró Constance.

El placer crecía por momentos dentro de ella. John le chupó el lóbulo de la oreja mientras la penetraba una y otra vez. Algo fue avanzando a través de ella, una oleada de placer, una marea que empezó en las puntas de los dedos de sus pies y se extendió por sus piernas y su vientre hasta que sintió que se ahogaba embargada por ella. John dejó escapar un ronco gruñido y la estrechó tan fuerte entre sus brazos que Constance podría haber desaparecido por completo entre su cuerpo. Ella quería decir algo, pero no podía emitir ningún sonido, solo leves jadeos que estallaban en sus labios, sobre la piel ardiente de los hombros de John.

–¿Te estoy aplastando? –preguntó él al apartarse apoyándose en los codos.

–No. Me encanta sentirte así.

–A mí también –la besó con tanta ternura que ella sintió ganas de llorar.

¿Llorar? De pronto sintió agitarse dentro de sí una emoción extraña. ¿Había sido aquello un orgasmo? Había leído cosas al respecto, pero nunca había tenido uno. Su cuerpo seguía palpitando, estremecido. Se le encogió el corazón y abrazó con fuerza a John. Se sentía increíblemente unida a él.

John le apartó un mechón de pelo de la frente.

–Eres muy apasionada.

–Tú también.

–Vamos a meternos en la cama –sugirió él.

–Vale –dejó que la levantara en brazos y la metiera debajo de la suave sábana blanca.

Luego, John se tumbó a su lado y volvió a rodearla con sus brazos. Le dio un beso en la mejilla tan romántico que Constance pensó que estaba soñando.

Pero no era un sueño.

–La verdad es que no sé cómo he acabado aquí –dijo.

–Es lo más natural del mundo. Dos personas que se sienten atraídas y que quieren estar juntas.

–Pero tampoco entiendo por qué te sientes atraído por mí.

La deseaba, de eso no había duda. Lo sentía en su modo de mirarla, en cómo le había hecho el amor y la abrazaba.

–No sé de dónde has sacado la idea de que no eres deseable. Eres preciosa –le acarició la mejilla con el pulgar–. Tienes los ojos castaños más bonitos que he visto. Cuando me miras siento una especie de sacudida. Creo que lo que ocurre es que no te sientes cómoda con tu belleza.

Constance se rio.

–Creo que no me siento cómoda con casi nada, excepto haciendo mi trabajo lo mejor que puedo. Y ahora mismo no lo estoy haciendo muy bien.

–¿Porque te estás acostando con tu sujeto de investigación?

–¿Acostándome? ¿Quién, yo?

John se echó a reír.

–¿Te sientes culpable?

–Claro. ¿Tú no?

–¿Por seducirte? No, en absoluto. Como te decía, es lo más natural del mundo.

Claro que lo era. Para él.

–Mi jefa me mataría si supiera que estoy en la cama contigo.

–No va a enterarse –le dio un beso suave.

No, no iba a enterarse. Aquella pequeña… aventura tenía que ser un secreto. Si tuviera un poco de sentido común, regresaría inmediatamente a su hotel. Pero no quería hacerlo. Quería quedarse allí, entre sus brazos.

Había pasado demasiadas horas soñando con

momentos como aquel. Todo el mundo creía que no tenía sentimientos. Que vivía para trabajar. Pero anhelaba tener compañía, conocer el amor.

¿El amor? Pues eso no iba a encontrarlo con John Fairweather. Notó una punzada de tristeza en el corazón. A pesar de su mala reputación, había descubierto que era un hombre honorable. Se enfadó con solo pensar en las cosas horribles que había leído sobre John y su tribu.

—Se te ha acelerado el corazón —comentó él.

—Estaba pensando en cuánto se equivoca la gente respecto a ti.

Se rio, sorprendido.

—Creía que estabas convencida de que todo lo que defiendo está mal.

—Eso era cuando creía que defendías el juego y la bebida y estafar a la gente para quitarle su dinero. Ahora sé que no estarías en el negocio del juego si no fuera porque intentas levantar de nuevo tu tribu, ¿verdad?

John se quedó mirándola un momento.

—Reconozco que el negocio del *software* era mucho menos complicado. De hecho, pienso volver a él. Hemos estado trabajando en un programa de base de datos para mejorar nuestra gestión y pienso publicar una versión comercial dentro de unos meses.

—La mayoría de la gente se dormiría en los laureles y disfrutaría de los frutos de su esfuerzo, pero tú siempre estás probando cosas nuevas.

—Puede que sea simplemente inquieto.

–Yo no soy así –dejó escapar un suspiro–. La verdad es que soy muy sosa. No tengo ningún deseo de comerme el mundo. Solo intento ahorrar lo suficiente para comprarme una casa y poder independizarme.

–El mundo sería un lugar de locos si toda la gente fuera como yo. Es mucho más apacible y productivo que haya una mezcla de gente distinta –la besó en la mejilla.

Constance se estremeció.

–Supongo que tienes razón.

–Los polos opuesto se atraen –remachó él, estrechándola entre sus brazos.

–Eso parece –le acarició la espalda.

Le extrañaba estar allí, entre sus brazos, desnuda, y al mismo tiempo le parecía natural.

–¿Qué ocurre? –preguntó él.

–No puedo creer que estemos en la cama juntos.

John se quedó callado un momento y le acarició el hombro.

–Nada sucede por accidente.

–¿No? Pues yo no lo tenía planeado y creo que tú tampoco.

Él soltó una carcajada.

–Tienes razón. Pero los dos podemos ser discretos.

Constance no supo si era una pregunta o una orden. En cualquier caso, le dolió, aunque no sabía por qué, porque ella tampoco quería que se lo dijera a nadie.

–Claro que sí.

Nada de promesas ni expectativas.

Había caído en sus brazos sabiendo que era una locura, pero no había podido resistirse. Había pasado demasiadas noches sola en su habitación, preguntándose si alguna vez volvería a abrazarla un hombre. Tenía demasiados sueños incumplidos.

–No somos del todo polos opuestos, ¿sabes? –John la besó en la mejilla–. Los dos somos muy tercos y decididos. Y tú tienes tu propio criterio en todo, como yo.

–¿Por qué lo dices?

–Estás aquí, ¿no? En mis brazos –la apretó un poco, y a ella le dio un vuelco el corazón.

–No estoy segura de que mi cerebro haya tenido algo que ver en todo esto. Sospecho que ha sido cosa de otras partes menos intelectuales de mi cuerpo.

John soltó una carcajada.

–Hasta cierto punto sí, pero estás aquí, y estás pensando, y no veo que hayas salido huyendo.

–Se me ha pasado por la cabeza, créeme.

–Entonces tendré que agarrarte bien fuerte –la rodeó por completo con los brazos–. Porque no quiero que te vayas.

–Seguro que no te costaría encontrar a alguien que ocupara mi lugar –se arrepintió de aquellas palabras en cuanto las dijo. Sonaban demasiado celosas.

–No me interesa nadie más. Seguro que te sorprendería saber el tiempo que hacía que no me acostaba con nadie.

–¿En serio? –preguntó con curiosidad.

–No voy a mentirte, llevé una vida bastante loca

cuando era más joven, sobre todo después de divorciarme. Hasta ese momento había sido un verdadero romántico y me costó encajar que el amor eterno que me había prometido mi exmujer durara menos de un año. Estaba furioso conmigo mismo por haberme fiado de ella.

—Yo también estaba furiosa conmigo misma por confiar en mi ex. Y ni siquiera me engañó.

—Es difícil volver a confiar en otra persona cuando te han dejado. ¿Por eso no has vuelto a tener pareja desde entonces?

Constance se quedó callada. No quería decirle la verdad, pero tampoco iba a engañarle.

—Nadie me ha pedido salir desde entonces.

—¿En cinco o seis años? —preguntó incrédulo.

—No, ni una sola vez.

—Qué locura. Aunque la verdad es que intimidas bastante. Seguramente hace falta alguien tan caradura como yo para atreverse a intentarlo.

—¿Intimidar, yo? Me considero una persona humilde y nada exigente.

John se echó a reír.

—Puedes pensar lo que quieras, pero la verdad es que eres una mujer muy exigente y crítica, y seguramente asustas mucho a los hombres.

—Vaya —frunció el entrecejo—. Eso no suena muy bien.

—A mí me gusta —sonrió—. Si uno es muy exigente consigo mismo, también debe serlo con los demás.

—Umm. Dicho así, no suena tan mal —apoyó la cabeza sobre su bíceps—. Supongo que tienes razón en que mucha gente piensa que soy inaccesible. He rechazado tantas invitaciones a comer y tantos planes de fin de semana de mis compañeros de trabajo que ya casi nunca me invitan.

–¿Por qué los rechazas?

–Porque me parecen una tontería. Yo voy a la oficina a trabajar, no a hacer amigos.

–¿Lo ves? Eres inaccesible –sonrió–. Es lógico que se asusten. ¿Qué me dices de tu parroquia? Dijiste que tus padres eran muy religiosos. ¿No has conocido a nadie allí?

–A nadie que me interese.

–¿Ves como no te conformas con cualquier cosa? –le apartó un mechón de pelo de la mejilla.

–¿Y por qué iba a conformarme? ¿Qué sentido tiene fingir que te gusta alguien si no te gusta?

–Ninguno –John sonrió–. Supongo que eso significa que yo sí te gusto.

–Yo no diría tanto –bromeó ella–. Pero por lo visto me siento atraída por ti.

–Y yo por ti –la besó en los labios–. Hay mucha química entre nosotros.

Sí, la había. Crepitaba en el aire y erizaba su piel cada vez que sus cuerpos se tocaban.

–Es una pena que la química no dure y que pasado un tiempo haya que ser compatibles de verdad y llevarse bien –Constance quería que supiera que no esperaba que aquel disparate fuera a ninguna parte.

–Por algún sitio hay que empezar –comentó él antes de besarla otra vez–. Pero, ¿cómo sabes que no somos compatibles?

–¿Nosotros? No me hagas reír.

–A mí no me parece cosa de risa. Mis abuelos son muy distintos y llevan juntos casi cincuenta años.

–¿Han sido felices? –preguntó ella.

–Mucho. Han tenido sus altibajos, claro. La muerte de mi madre fue una prueba muy dura para su relación, como suele serlo la muerte de un hijo. Mi abuela culpaba a mi abuelo por no haber sido más estricto con ella, y él la culpaba a ella por no haber sido más tolerante.

–Si las cosas hubieran sido distintas, seguramente tú no habrías nacido –le acarició la frente–. Hay tantas cosas en la vida que dependen del azar…

–Tienes razón. Ni con todo el esfuerzo del mundo se llega a ninguna parte si no tienes al menos una pizca de suerte. No sabes cuántas veces el destino de este casino, incluso de toda la tribu, ha estado en manos de desconocidos a los que no les importaba nada el resultado. En realidad, había un montón de gente que quería que el proyecto fracasara, igual que ahora hay muchos a los que les encantaría que tuviéramos que cerrar.

–¿Crees que es lo que pasaría si descubro que habéis estado falseando las cuentas? –se le encogió el estómago.

–No me cabe duda de que intentarían cerrarnos el negocio.

–¿Por qué hay tanta gente contraria al casino?

–Los hay que se oponen a él por las mismas razones que tú. El juego, la bebida, la diversión… Pero sospecho que en la mayoría de los casos es por envidia. Creen que disfrutamos de unos beneficios que ellos no pueden tener por no ser indios.

—Supongo que tienes razón, pero, ¿no es una especie de reparación por las injusticias pasadas?

—Hay gente que lo ve así, pero la verdad es que solo es el reconocimiento de tratados del pasado que nos concedían soberanía sobre nuestras tierras. Pero no se trata de revancha. En todo caso, los estadounidenses deberían alegrarse de que por fin estemos abrazando sus leyes.

—Entonces, básicamente estáis intentando adaptaros.

—Exacto.

Su sonrisa traviesa hizo sonreír a Constance. De pronto, sin poder evitarlo, lo besó. John le devolvió el beso, y al poco rato tuvo que buscar otro preservativo. Constance sintió una oleada de felicidad cuando volvió a penetrarla. Sus años de soledad y anhelo parecieron disiparse súbitamente.¿De veras era tan fácil encontrar la felicidad con otra persona?

Se quedó dormida entre sus brazos, sintiéndose en paz con el mundo. En ese momento no le costaba ningún trabajo imaginarse siendo la pareja de John. Pero, ¿podría convertirse aquel atisbo del paraíso en su vida real?

Capítulo Siete

Constance se despertó sobresaltada. El sol entraba a raudales por una rendija de las cortinas, anunciando que el día estaba ya muy avanzado. John se había marchado.

Parpadeó intentando ver su reloj. ¿Las diez y cuarto? ¿Por qué no la había despertado John? Se arrebujó en la colcha. ¿Dónde estaba su ropa? La vio colgada con esmero encima de una silla. John debía de haberla recogido esa mañana.

Se levantó de un salto y empezó a vestirse atropelladamente. Echó un vistazo a su teléfono y vio que tenía unos cuantos mensajes, la mayoría del trabajo.

Su traje estaba arrugado y su pelo no cooperaba. Confiaba en poder salir de allí sin tropezarse con nadie. Y antes de ponerse a trabajar tenía que ir hasta su hotel y regresar.

Intentó utilizar el ascensor que daba directamente a la suite, pero no consiguió que se abriera. Muerta de vergüenza, entornó la puerta que daba al pasillo del hotel. Al no ver a nadie, echó a correr hacia los ascensores. Pulsó el botón llena de impaciencia.

El ascensor daba directamente al elegante vestíbulo principal, que a esa hora estaba muy transitado. Y lo que era peor aún, John estaba al otro lado de la sala, concediendo una entrevista a una cadena de televisión. El cámara y el periodista casi le cortaban el paso hacia la salida principal, y dudó un momento pensando cómo escapar. John no la había visto aún, y quería asegurarse de que no la viera. No quería que sonriera y la saludara con la mano o que intentara llamar su atención.

–Está siendo investigado por la Oficina de Asuntos Indios por presunto fraude…

Las palabras del periodista llegaron a sus oídos cuando se acercó. ¡Qué poco sospechaban los periodistas que la auditora de la OAI estaba intentando pasar a hurtadillas por su lado con las bragas del día anterior puestas y el ADN de John Fairweather incrustado en su tela!

John se puso a hablar mirando de frente al reportero. Constance aprovechó la ocasión para dirigirse hacia la puerta. Por suerte la cámara apuntaba hacia otro lado, de modo que su huida no quedaría grabada.

Salió bruscamente a un sol cegador y se dirigió a su coche, ansiosa por escapar antes de que alguien la viera.

En la habitación del hotel, después de ducharse, llamó a la oficina.

–Nicola ha llamado seis veces preguntando por ti –le susurró Lynn–. ¿Dónde te habías metido? Han

84

publicado no sé qué artículo sobre el casino y quiere saber si lo que cuentan es cierto.

–¿Qué dice el artículo?

–No sé qué sobre el tío de John Fairweather. Por lo visto tiene un pasado sospechoso. Blanqueo de dinero o algo por el estilo.

Constance arrugó el ceño. ¿El tío Don? No le caía muy bien aquel tipo. Tenía la sensación de que era un sinvergüenza.

–De momento todo está en orden. Tienen muchos beneficios porque el casino está a todas horas lleno de gente dispuesta a malgastar su dinero. La verdad es que empiezan a molestarme todas esas opiniones negativas. Creo que lo que pasa es que la gente está celosa del éxito que está teniendo la tribu. No entiendo por qué se enfadan tanto porque estén ganando dinero.

–Cuánta pasión.

–Tonterías. Solo soy pragmática. No veo por qué las grandes empresas pueden ganar dinero a montones e interpretar las leyes a su conveniencia y las tribus no. Esto es Estados Unidos. Nos encantan el dinero y los beneficios. ¡Tú y yo no tendríamos trabajo sin ellos!

Lynn se rio.

–Tienes razón. De todos modos, más vale que llames a Nicola.

–Voy a llamarla. Con un poco de suerte, estaré en casa dentro de un día o dos –sintió una punzada de tristeza.

–Llama a Nicola antes de que vaya a buscarte.

–Sí –colgó y contestó a otra llamada, llena de emoción al ver que era John.

–Buenos días, preciosa.

Sintió una oleada de calor en el pecho.

–Buenos días. No puedo creer que me hayas dejado dormir tanto.

–Parecías tan relajada que no quería molestarte. Y tenía que levantarme para dar una entrevista.

–Sí, te he visto –no quería decirle que se había enterado de las acusaciones contra su tío–. ¿Qué te han preguntado?

Se quedó callado un momento.

–Nada especialmente interesante. Lo de siempre.

De modo que iba a ocultárselo. Pero sin duda sabía que ella podía enterarse por la prensa o leerlo en Internet.

–Imagino que siempre tienen la esperanza de dar con alguna noticia jugosa.

–La prensa la ha tomado con mi tío Don. Estoy seguro de que la noticia se desinflará dentro de nada, pero están intentando culparlo de algo, así que más vale que te enteres por mí y no por la OAI. ¿Quieres que comamos juntos? Es casi mediodía.

–¿Mediodía? –tragó saliva–. No puedo. Todavía estoy en mi hotel, cambiándome. Necesito concentrarme por completo en el trabajo el resto del día.

–¿Y de la noche?

–Y de la noche también

Una noche con él ya había sido suficientemente embriagadora.

–Estoy aquí para trabajar.

–Eso es verdad, pero quiero asegurarme de que no te das demasiada prisa. No quiero perderte antes de lo estrictamente necesario.

Así que reconocía que su relación tenía fecha de caducidad. Constance sintió una punzada de tristeza.

–Tengo otros proyectos de los que ocuparme.

–Es una lástima que tu oficina no esté más cerca. ¿Por qué han contratado a alguien de Ohio para que investigue un casino de Massachussets?

–Creo que lo hacen para garantizar la imparcialidad. Como no soy de esta zona, lo lógico es que no tenga ningún interés en mantener relación con el casino New Dawn.

–Solo con su propietario –añadió él con voz sedosa.

–Eso fue un accidente.

–Un feliz accidente.

–Con tal de que no se entere nadie…

–La verdad es que no me gusta nada tener que disimular –repuso John con fastidio–. De hecho, detesto tener que ocultarlo.

–Pero, ¿entiendes que mi trabajo depende de que mantengamos esto en secreto? –preguntó Constance angustiada.

–Claro que sí. Y me considero por completo responsable del aprieto en el que estamos los dos –hizo una pausa. Luego añadió–: ¿Puedo ir a verte a tu hotel?

–No. En serio, tengo que trabajar.

–Qué rollo –parecía tan desilusionado que ella tuvo que sonreír.

–Tengo que hacer varias llamadas. Nos vemos en la oficina.

–Sí, me aseguraré de que nos veamos.

Llamó a Nicola, quien se lanzó inmediatamente a despotricar contra él.

–No es la primera vez que se investiga a Don Fairweather por blanqueo de dinero –dijo.

–¿Lo han condenado alguna vez?

–No. Hubo un juicio, pero por lo visto las pruebas presentadas por la fiscalía no consiguieron convencer al jurado.

–Ah. Entonces lo declararon inocente.

–O quizá no prestaron suficiente atención a las pruebas. Quiero que mires en sitios donde nadie espere que mires.

–¿Te das cuenta de que soy auditora de cuentas y no detective privado?

–En efecto, Constance, somos muy conscientes de ello. Simplemente queremos que averigües si sus documentos reflejan de manera fiel la actividad del casino.

–Entiendo. Examinaré todas las posibilidades que se me ocurran.

Al colgar, se descubrió mirando el cajón de su ropa interior. ¿Y si preparaba una bolsa con bragas de sobra y ropa para cambiarse, para no tener que volver al hotel?

Por fin salió de la habitación. Sin ropa para cambiarse.

Pasó la tarde observando a los cajeros y paseándose por las salas de juego. Caminó entre las mesas mirando jugar a los clientes. Todo parecía en orden. Se detuvo en una mesa de ruleta y observó como el crupier hacía girar la rueda.

–Hola, preciosa.

Se estremeció al oír aquella voz grave junto a su oído. Se dio la vuelta despacio para mirar a John y comenzó a sonreír.

–Buenas tardes, señor Fairweather.

–Veo que otra vez estás observándonos. ¿Te gusta lo que ves?

–¿Gustarme? No mucho. Sigo sin ser aficionada al juego –sonrió–. Y creo que, en estos momentos, debo mantener en secreto mis hallazgos, ¿no te parece?

De pronto vio un destello de sorpresa en su mirada.

–¿Qué hallazgos?

–Cualquiera que haga –intentó mostrarse serena–. No digo que haya encontrado nada fuera de lo normal.

–Pero tampoco dices lo contrario –John arrugó el ceño–. Si encuentras algo, me lo dirás, ¿verdad? Me llevaría una auténtica sorpresa, pero querría saberlo enseguida.

Constance titubeó.

–Mi responsabilidad prioritaria es para con mi cliente, la OAI.

–Lo consideraría un favor personal si me contaras a mí primero lo que descubras –repuso él, muy serio.

–No creo que esté en situación de hacer favores personales.

Aquello se estaba volviendo violento. Evidentemente, John pensaba que había descubierto algo inesperado en los libros. Pero, si descubría algo, debía mantenerlo en secreto mientras investigaba. Levantó la vista y vio que Don lanzaba unas fichas a una mesa de ruleta, lejos de allí.

–Si encuentro algo, te lo diré –susurró Constance–. Pero de momento todo va bien –sonrió–. Aunque no debería decírtelo.

A lo lejos, Don recogió un puñado de fichas de la mesa y se las guardó en el bolsillo, sonriendo. Luego se dirigió hacia ellos con una sonrisa confiada. Constance se puso en guardia.

–Conque confraternizando con el enemigo, ¿eh, John? –Don se volvió hacia ella y sonrió–. Ya sabes que estoy bromeando. Nos encanta que la OAI y sus amigos de la prensa nos dediquen tanta atención. La vida sería muy aburrida si nos dejaran en paz.

–Mi contacto en la OAI me ha dicho que ha estado imputado por blanqueo de dinero –dijo ella mirándolo fijamente.

–Mentira, todo mentira. Antes tenía una cadena de tintorerías. Limpiábamos camisas, no dinero –sonrió, desafiante–. Como seguramente sabes, no encontraron pruebas para condenarme.

–Don fue absuelto por el jurado –intervino

John–. Una de las cosas que más me gusta del New Dawn es que aquí puedo trabajar con mi familia cotidianamente –rodeó a su tío con el brazo–. A veces es todo un reto, pero quizá por eso me gusta tanto.

–Si la vida fuera demasiado fácil, te aburrirías. Y ninguno de nosotros sabía que éramos tantos. Algunos casi ni sabían que tenían sangre india hasta que John les habló de este sitio. Ahora los chicos le suplican que desentierre más canciones y bailes antiguos para que puedan competir en los festivales indios.

John meneó la cabeza.

–Eso es más fácil decirlo que hacerlo. Yo voto porque inventen los suyos propios. ¿Por qué nuestra cultura tiene que ser antigua e histórica? ¿Por qué no puede ser fresca y nueva?

–Con eso no ganaremos ningún premio. Los jueces son muy tradicionales. Ya tenemos muchos puntos en contra porque no tenemos el aspecto que la gente espera de un indio.

–Entonces la gente tiene que cambiar de percepción, ¿no crees, Constance?

–Supongo que sí. Y si alguien puede hacerlo, eres tú –se sonrojó al darse cuenta de que acababa de alabarlo delante de su tío.

Don enarcó un poco las cejas. ¿Sospechaba que había algo entre ellos? Sería un desastre.

–Bueno, tengo que volver a la oficina.

–Subo contigo –dijo John.

–La verdad es que primero tengo que ir al coche a buscar una cosa.

Se despidió de ellos inclinando la cabeza y se alejó hacia el vestíbulo a toda prisa. En realidad no tenía que sacar nada del coche, pero pasó unos minutos fingiendo que buscaba algo. Por fin sacó su maletín del asiento trasero y cerró la puerta. Pero al volverse se encontró cara a cara con John.

–No voy a dejar que te escabullas.

–No pensaba escabullirme –levantó la barbilla–. Tenía que recoger el cargador de mi móvil.

–Ah –él sonrió–. Parecía que estabas huyendo de algo.

–Tu tío Don no sabe… lo nuestro, ¿verdad?

John se encogió de hombros.

–Yo no le he dicho nada.

–No creo que debamos entrar juntos en el casino.

–¿Por qué? –pareció un poco molesto–. Soy el consejero delegado. No me parece en absoluto inapropiado acompañar a la auditora a las oficinas –se inclinó y le susurró al oído–: Aunque la haya visto desnuda.

Constance sintió que una oleada de calor se extendía por su cuerpo.

–Eres incorregible.

–Lo sé. Es un defecto que tengo. ¿Crees que podrás curarme de ese mal?

–Lo dudo. Y tampoco tengo intención de intentarlo. Además, tengo que seguir trabajando.

–Vamos –echó a andar y la esperó para que entraran juntos en el casino.

Constance mantuvo la barbilla bien alta cuando

cruzaron el vestíbulo. Cuando llegaron a la oficina, John la hizo entrar, la siguió y cerró la puerta. Ella oyó el chasquido de la cerradura y un instante después sintió que su brazo le rodeaba la cintura.

–Constance, me estás volviendo loco. No sé qué me has hecho.

–No creo que te haya hecho nada –la manaza de John se extendió sobre su vientre, despertando toda clase de sensaciones–. Solo intento hacer mi trabajo.

–Y yo no paro de distraerte –rozó su cuello con los labios.

–Sí, mucho.

–Creo que necesitabas un poco de diversión –añadió él en voz baja, y Constance se estremeció de deseo.

–¿Para que no pueda examinar tus libros como es debido? Vas a conseguir que piense que intentas ocultar algo.

–Puede que sí, que algo intente ocultar –repuso él con voz sugerente, y Constante sintió el roce de su erección.

Le sorprendió lo excitante que era aquella sensación.

–¿Qué estamos haciendo? –preguntó casi en un susurro.

Él deslizó los labios bajo su oreja, calentando su piel.

–Creo que te estoy besando el cuello.

–Esto es una locura.

–No voy a negártelo –siguió besándola.

Constance empezó a sentir un hormigueo en los pezones.

—Entonces, ¿no deberíamos parar?

Él deslizó los labios hasta su oreja y le mordisqueó el lóbulo.

—Desde luego que no.

La hizo girarse y la besó en la boca. Ella abrió los labios y lo abrazó. Estuvieron besándose diez minutos, hasta que se encontró completamente turbada. Luego, John se excusó inclinando educadamente la cabeza y la dejó sola, excitada y sin más compañía que los libros de cuentas.

Constance se quedó mirando la puerta. ¡Menuda cara! ¿Primero la ponía a cien y luego se marchaba? ¿Cómo iba a trabajar ahora, en aquel estado?

Se volvió hacia el ordenador y se puso a revisar las cuentas del año anterior. Como siempre, todo parecía en orden. Dejándose llevar por su instinto, decidió buscar en las bases de datos del casino si había otros empleados que también jugaban. Descubrió que Don no era el único miembro de la tribu que apostaba, pero sí el que apostaba más. El año anterior había ganado más de cincuenta mil dólares. ¿Se debía a alguna irregularidad o a una simple cuestión de suerte?

Se abrió la puerta y apareció John. Constance cerró la hoja de cálculo con una punzada de mala conciencia. Lo que venía a demostrar que aquella aventura era un gran error.

John cerró la puerta y se apoyó contra ella. Su traje oscuro no ocultaba la virilidad de su cuerpo.

–Vas a venir a mi casa a cenar.

–A tu suite, quieres decir.

–No, a mi casa. Estoy viviendo en la suite mientras reformo la vieja granja. La cocina está acabada, así que tengo todo lo que necesito para prepararte la cena.

–¿Sabes cocinar?

–Claro que sí.

–Entonces no puedo negarme, ¿verdad?

–Por supuesto que no –le ofreció la mano para ayudarla a levantarse.

–Iré en mi coche –así podría marcharse cuando quisiera.

–Claro. Puedes seguirme.

La vieja carretera rural que llevaba a su casa pasaba junto a la granja de sus abuelos y atravesaba campos salpicados de ganado. El camino de entrada estaba flanqueado por manzanos que también enmarcaban la casa, un edificio blanco y austero.

–De la casa original no queda casi nada, pero está empezando a tener el aspecto que tenía en sus buenos tiempos. Creo que dentro de un mes, más o menos, podré volver a vivir aquí.

–Es preciosa –le sorprendía que un soltero empedernido como John tuviera una casa grande y antigua como aquella.

–Está quedando muy bien. Me apetece muchísimo instalarme aquí. Voy a tener un perro.

–¿De qué raza?

–Todavía no lo sé. Uno grande. Y bonito. Lo adoptaré de un refugio.

–Es una idea genial.

Subieron los sólidos escalones que llevaban a la puerta, todavía sin pintar. John la abrió y la hizo pasar. Constance miró a su alrededor, fijándose en los detalles antiguos que había conservado.

–Esta casa la construyó uno de mis antepasados en 1837. Sus hijos y él se encargaron de la mayor parte de la ebanistería.

Constance acarició una barandilla de cerezo.

–Debieron de hacerlo todo con mucho mimo.

–Razón de más para devolverle su belleza original –la condujo a una radiante cocina con armarios de color marfil y una gran isleta central–. ¿Te gustan las gambas?

–Me encantan.

–Mejor, porque las tengo marinándose desde esta mañana.

–¿Sabías que iba a venir a cenar?

–Claro.

–¿Y si te hubiera dicho que no me gustan las gambas? ¿O que soy alérgica?

Él le lanzó una sonrisa descarada.

–También tengo pollo preparado.

–Estás listo para todo, ¿eh?

–Procuro estarlo.

Asó las gambas y unas mazorcas de maíz en la parrilla de fuera y prepararon juntos una ensalada de queso feta, pera y verduras de primavera. El patio tenía unas vistas espectaculares sobre los pastos y las colinas boscosas. Constance no recordaba haber estado nunca en un lugar tan hermoso. La zona de Cleveland en la que había crecido parecía deprimente comparada con aquello, y sin embargo pronto estaría de vuelta allí, mirando desde el porche trasero el jardín lleno de hierbajos de la casa de sus padres y acordándose de aquella cena deliciosa y de su encantador anfitrión.

El sol desapareció detrás de los árboles y un cúmulo de nubes oscuras se congregó en el horizonte. Las gotas de lluvia comenzaron a salpicar el patio mientras recogían la mesa y, cuando llenaron el lavavajillas, la lluvia había comenzado a aporrear las ventanas. Mientras John hacía el café oyeron restallar varios truenos sobre la casa.

–Más vale que te quedes hasta que pase la tormenta –dijo con un brillo en la mirada.

Ella buscó algo en su bolso.

–Voy a buscar las imágenes de satélite en el móvil para ver cómo es la tormenta de grande.

–Ya lo he hecho yo. Va a durar toda la noche.

Capítulo Ocho

¿Lo tenía todo planeado?

—Estoy segura de que puedo conducir aunque llueva.

—No voy a permitirlo.

—¿Qué te hace pensar que puedes permitirlo o no? No eres mi jefe.

—Pero me preocupa tu seguridad. Con una tormenta como esta, las carreteras rurales pueden inundarse. Soy bombero voluntario y he visto muchos accidentes. Cuando está lloviendo y estás en el bosque, cuesta mucho ver la carretera.

—Supongo que tienes razón —masculló ella—. Pero no puedo acostarme contigo.

—Creía que ya habíamos superado ese punto.

—Lo sé, pero eso fue algo improvisado y puntual. Si me quedo otra vez…

—Significará que de verdad te gusto —sonrió con aire travieso.

Constance no supo qué responder.

—No sé por qué me gustas. Eres insoportablemente arrogante.

—Pero eso te resulta estimulante porque estás acostumbrada a tratar con pusilánimes.

—Eso no es verdad.

–Entonces puede que sea porque tengo muchas virtudes –cruzó la cocina en dos pasos y le puso las manos sobre las caderas.

Su beso, tierno e insistente, dejó muda a Constance, que notó que sus dedos comenzaban ya a deslizarse hacia la curva de su trasero. ¿Cómo lo conseguía?

No quería confesarle que le gustaba, por si él lo interpretaba mal y pensaba que quería tener una relación de pareja con él. No debía estar allí besando a un hombre que no tenía intenciones honorables respecto a ella.

Aun así, se descubrió besándolo con una pasión que le brotaba de muy dentro. Aquel era el tipo de cosas sobre las que la habían advertido en la escuela dominical de su parroquia. Sus padres estaban convencidos de que ni siquiera debía besar a un chico hasta que tuviera un anillo de compromiso en el dedo.

Constance no lo tenía y sin embargo sus dedos tiraban ya de la corbata de John y de los botones de su camisa.

–Vamos arriba –él no esperó respuesta. La enlazó por la cintura y mientras caminaban le besó el cuello.

Bajo sus tiernas caricias y su mirada llena de admiración, Constance se sentía increíblemente deseable. Hasta caminaba con una energía desconocida.

–Este es mi cuarto.

Constance entró en una habitación impresionante, con el techo artesonado. La gran cama de madera labrada a mano le daba un aire muy masculino. Las paredes estaban decoradas con mapas enmarcados que Constance miró de pasada.

–Son los mapas históricos de nuestro territorio y los planos del pueblo.

Todos los mapas eran distintos. Constance vio que el territorio delimitado para los *nissequot* iba reduciéndose con el paso de las décadas. Al empezar el siglo XX ya ni siquiera aparecía la palabra nissequot y las tierras llevaban como única leyenda «Granja Fairweather».

–Intentaron borraros del mapa.

–Y casi lo consiguieron.

La rodeó con los brazos desde atrás mientras Constance estaba delante del mapa más reciente. Era del año anterior y mostraba el territorio de los *nissequot* marcado en verde, ampliado y con los edificios del casino en el centro.

–¿Qué es la zona azul?

–Ahí es donde pensamos construir a continuación. No conseguiremos recuperar todas las tierras de la época colonial, pero al menos tendremos espacio para crecer.

El corazón de Constance se llenó de orgullo al ver lo que había logrado John.

–Bueno, ¿por dónde íbamos? –la hizo girarse lentamente, deslizando las manos por su cintura.

Fuera seguía tronando y la lluvia golpeaba los cristales de las ventanas, pero todo se desvaneció cuando sus labios se tocaron. Constance cerró los ojos y se apoyó contra él. Absorta en el beso, solo al abrir los ojos para desabrocharle el cinturón vio que se habían apagado todas las luces.

—¿Se ha ido la luz?

—Eso parece —la besó en la frente—. Pero estamos generando mucha energía, así que no creo que la necesitemos.

Ella se rio. John le había quitado la chaqueta y la blusa y le bajó la cremallera de la falda, que cayó a suelo. La oscuridad aterciopelada resultaba muy íntima. Constance consiguió desabrocharle el cinturón y quitarle a tientas los pantalones y la camisa. Luego se acercaron a la suave superficie de la cama.

John la abrazó con fuerza mientras rodaban juntos sobre el colchón, apretándose el uno contra el otro. A ella le encantaba su peso, lo grande que era. Cuando estuvo encima de él, besó su cara y luego bajó hasta sus hombros y su cuello, dejando una estela de besos. Le gustaba la aspereza del vello de su pecho. No tenía mucho. Siguió hacia abajo, hasta sentir su erección. Dejó que su lengua la recorriera e hizo oídos sordos de la vocecilla interior que le decía que aquello era pecado. Le encantaba cómo se movía John respondiendo a cada cosa que hacía. Estaba tan excitado que no podía estarse quieto. Gruñó suavemente cuando ella se metió su miembro en la boca, lo chupó y a continuación jugueteó con su glande con la lengua.

Era la primera vez que hacía algo así. ¡Ni siquiera había pensado en ello! Disfrutaba teniendo control sobre él. Sentía el deseo, la pasión que atenazaba su cuerpo poderoso.

Mientras John se ponía un preservativo, estaba tan excitada que lo acogió dentro de sí sin ningún esfuerzo. Todavía encima de él, se movió despacio, experimentando con las sensaciones que generaba en sí misma y en John. Cuando fue creciendo la presión, comenzó a moverse más deprisa y dejó que las sensaciones la embargaran y que su cuerpo hiciera lo que quisiera.

John la atrajo hacia sí y la hizo tumbarse para colocarse encima de ella. Luego la besó con ternura e inició un ritmo distinto que pronto la hizo gemir y jadear su nombre. La llevó casi hasta el borde del abismo, luego se retiró y siguió besándola y acariciándola hasta que Constance sintió que estaba a punto de estallar. Intentó urgirle con las caderas, pero pesaba demasiado y se rio de sus intentos de hacerle moverse.

–No seas tan impaciente –le dijo–. Todo a su debido tiempo –se movió muy despacio al tiempo que le besaba las orejas y el cuello.

Constance estaba tan excitada que apenas podía respirar cuando por fin John los condujo a ambos a un clímax arrollador que iluminó la oscuridad con una explosión de electricidad interior que ella nunca había creído posible.

–He visto fuegos artificiales –dijo jadeante cuando por fin pudo hablar.

–Me alegro –contestó él, tan seguro de sí mismo que a ella le dieron ganas de abofetearlo... o de abrazarlo.

Escogió lo último.

John escondió la cara entre su pelo. Se quedaron tumbados en la cama, abrazados. Aquella aventura con Constance lo había pillado por sorpresa. No se había dado cuenta de que, al mirar aquellos ojos castaños, caería bajo su hechizo. Ahora no quería que se marchara. Quería mimarla y cuidar de ella. Le encantaba sentir cómo se relajaba en sus brazos. Era algo mágico notar cómo se abría para él y exploraba su propia sensualidad, volviéndolo, de paso, medio loco. La besó en la mejilla.

–Eres distinta, Constance Allen.

–Sí, desde luego soy distinta a como creía que era. Me he llevado muchas sorpresas aquí.

–Te ha sorprendido que no sea un ladrón avaricioso como quiere hacerme parecer la prensa.

–No tenía prejuicios respecto a ti. Intento mantener una mentalidad lo más abierta posible. Es esencial para mi trabajo.

–Pero no tenías ni idea de que ibas a sucumbir a mi célebre encanto.

–Eso es cierto –sus ojos brillaron llenos de humor–. Sigo sin saber qué demonios hago entre tus brazos.

–Relajarte.

–No es muy relajante saber que, si mi jefa u otra persona descubre lo nuestro, me despedirán y seguramente no podré volver a ejercer mi profesión.

–Por eso no estás pensando en esa parte de la cuestión –no quería que volviera a su trabajo, ni a Ohio. Quería que se quedara allí.

Aquella idea lo golpeó como un rayo. Los truenos que retumbaban fuera parecían el eco de la tormenta que de pronto se había desatado en su corazón. Se estaba enamorando de Constance Allen.

–¿Qué expectativas tienes respecto a tu trabajo?

–Me gustaría convertirme en socia de la empresa en algún momento. Al menos eso creo. Es el punto culminante más lógico de mi carrera.

–¿Nunca has querido dedicarte a otra cosa? –de pronto se le agolparon las ideas en la cabeza. Constance podía ocuparse de la contabilidad del casino. Después de un tiempo razonable tras acabar la auditoría, claro.

–Cuando era más joven quería ser maestra, pero se me pasó al madurar. Se me dan mejor los números que las personas.

John ladeó la cabeza.

–Te imagino perfectamente siendo maestra. Y creo que se te da muy bien la gente.

–No sé. ¿Y si los niños no me hicieran caso?

–Los números no replican.

–Casi nunca. Aunque yo siempre confío en que me griten cosas. Sobre todo, en una auditoría.

–Como la que estás haciendo ahora –John le acarició el pelo.

–Exacto. No puedo creer que esté en tus brazos cuando mañana voy a inspeccionar tus libros de cuentas buscando indicios de fraude.

–Seguro que a estas alturas ya has visto todo lo que necesitabas ver. Es difícil demostrar que no hay ninguna irregularidad, pero, ¿en qué momento sueles darte por satisfecha?

Constance se tensó ligeramente.

–Cuando la OAI me lo diga.

–¿Siguen sin estar satisfechos?

–Quieren que sea minuciosa. Estoy segura de que tienen tantas ganas como tú de que esté todo en perfecto estado de revista para poder olvidarse de este asunto.

–Eso espero. Porque, si quisieran, podrían cerrarnos el negocio. Créeme, no tengo ningún interés en hacer las cosas mal. Sé que nos están vigilando y que nuestro trabajo puede resistir su escrutinio.

–Entonces no tienes por qué preocuparte. Seguro que pronto se aburrirán de pagar mi tarifa.

–Espero que no –la abrazó con fuerza–. O quizá tenga que convencerte de que dejes tu trabajo y te mudes aquí –ya estaba, ya lo había dicho. Era evidente que estaba perdiendo la cabeza, pero fue un alivio sacárselo del pecho.

Constance se quedó quieta.

–Muy gracioso.

–¿Crees que estoy de broma?

–Sé que estás de broma.

–No estés tan segura. Me gustas –la besó en la nariz–. Y yo a ti también.

Ella se rio.

–Sí, pero no lo suficiente para tirar mi vida y mi carrera por la borda para prolongar una tórrida aventura contigo.

John advirtió una nota de tristeza.

–Esto no tiene por qué acabar –dijo.

–Supongo que siempre podrías mudarte a Ohio.

–Eso no sería lo ideal.

–¿Lo ves? Es imposible. Cada uno tiene su vida planificada por su lado y esto no es más que un gran error que no hemos podido evitar –lo dijo tan seria que John se echó a reír.

–Habla por ti. Yo no considero que sea un error. Esta ha sido la mejor noche que recuerdo haber tenido. Y la segunda mejor, la de ayer.

–Entonces debes de tener una memoria muy corta –cerró los ojos un momento–. Dentro de un mes te habrás olvidado de mí. Y dentro de seis meses ni siquiera te acordarás de mi nombre.

–¿Cómo voy a olvidarme de un nombre como Constance? No puedo creer que no dejes que te llame Connie.

–Conociéndote, me extraña que no lo estés haciendo de todos modos.

–Soy más sensato de lo que piensas –le acarició la mejilla–. De hecho, puedo ser muy sentimental.

Era la verdad, aunque procurara disimularlo. Durante mucho tiempo se había preciado de mantener sus emociones a raya. Constance tenía algo, sin embargo, que le hacía bajar la guardia. Sabía que no le interesaba su dinero, ni su fama, ni siquiera su físico. Para atraerla tendría que ser sincero y demostrarle que no era el donjuán sin corazón que ella creía.

¿De verdad intentaba convencerla de que se quedara allí? La lógica intentaba convencerlo de lo contrario, pero algo en lo más hondo de sus entrañas le decía que, si la dejaba marchar, se arrepentiría el resto de su vida.

—No he traído cambio de ropa interior.

—En la tienda del hotel vendemos unas bragas muy bonitas —John sonrió—. Puedo comprarte algunas.

—¡No! El personal se preguntaría para quién son. Volveré a mi hotel a primera hora de la mañana. No me dejes dormir hasta tarde, ¿de acuerdo?

—Te despertaré, aunque creo que va a darme mucha pena sacarte de tus sueños.

Había cerrado los ojos y sonreía. Parecía completamente relajada y en paz.

John podía imaginársela durmiendo allí, en sus brazos, mucho tiempo. Pero, para llegar a ese punto, iba a tener que gestionar con mucho cuidado una situación que podía ser explosiva. Se arrepentía de haber bromeado con Don sobre la posibilidad de coquetear con ella. No quería que su tío se enterara de que estaban juntos hasta que llegara el momento oportuno, para lo cual quedaban meses, probablemente.

Constance Fairweather… Aquel nombre tenía un acento un tanto anticuado que lo atraía extrañamente.

Ella se quedó dormida. Su resistencia se había evaporado por completo y parecía sentirse perfectamente cómoda y relajada a su lado. Sin duda a sus padres no iba a hacerles ninguna gracia que se la llevara a vivir a otro estado, pero podían mudarse allí. Les construiría una casa bonita, como la de sus abuelos. Sabía por experiencia que cualquier obstáculo podía superarse con paciencia y una planificación cuidadosa. Sabía que a Constance le gustaba. Y a él le gustaba ella.

Así que, ¿qué podía salir mal?

La despertó un tierno beso de John en la mejilla. Parpadeó y contempló su bello rostro, preguntándose si todavía estaba soñando.

–Buenos días, preciosa. He hecho el desayuno. Tienes tiempo de sobra para desayunar antes de irte al hotel.

Desayunaron fruta fresca, huevos revueltos con tostadas, café recién hecho y zumo, y charlaron sobre la infancia de ambos. Cuando el reloj de pared estaba a punto de dar las ocho, Constance descubrió que no tenía ganas de marcharse.

Estar allí sentada, charlando con John, le parecía completamente natural. Era tan fácil hablar con él, era tan amable y cariñoso, tan buen anfitrión... Iba a costarle mucho encontrar a otro hombre cuya compañía pudiera disfrutar hasta ese punto.

Había, no obstante, muchas cosas de él que no le convenían. Era, para empezar, demasiado guapo, y ella no valoraba en absoluto el físico. Sabía, además, que era un famoso playboy y que ella no era más que otra muesca en el poste de su cama. Cuando volviera a Ohio no volvería a verlo y muy pronto habría otra mujer ocuparía su lugar.

Se le encogió el estómago al pensarlo. Por eso no debería haberse metido en aquella... relación. John podía añadirla sin ningún problema a su lista de aventuras amorosas y luego pasar página. Pero ella no tenía una lista de aventuras amorosas que engrosar, y aquello iba a convertirse en la experiencia más asombrosa, deliciosa e inesperada de toda su vida.

El móvil de John no paraba de hacer ruidos. Al final, lo tomó y echó un vistazo a sus mensajes.

–Parece que la prensa sigue dándole vueltas a ese asunto de Don.

–¿Crees que ha hecho algo malo?

–No –contestó él–. Hace tiempo tomó algunas… decisiones equivocadas, pero estoy seguro de que no hará nada que pueda poner en peligro lo que hemos levantado aquí. Le gusta que la gente piense que es un golfo. A mí no me molesta. Toda publicidad es buena hasta cierto punto.

–Don parece todo un personaje.

–Lo es. A veces me saca de quicio, pero fue el primero en subirse al carro cuando propuse montar el casino. A mis abuelos les parecía imposible.

–¿Por qué?

–Era una idea demasiado osada, un proyecto demasiado grande. Don, en cambio, confió enseguida en mi capacidad para sacarlo adelante y ha trabajado mucho para hacerlo realidad.

–Parece que le tienes mucho cariño.

–Sí. Es mi tío. Y en el fondo tiene un corazón de oro –John sonrió.

Otra vez se estaba poniendo adorable. ¿Por qué no podía portarse como un capullo? Así a ella le sería más fácil volver a casa.

***

John se encaminó al casino. Don estaba en el vestíbulo, charlando con un empleado. La cara se le iluminó al ver a John.

—¿Listo para desayunar?

—He tomado algo en casa.

—¿Y eso por qué?

—Por nada. Tenía hambre, eso es todo.

—Entonces ven conmigo a tomar un café. Podemos mirar con cara de pocos amigos a los periodistas y ahuyentarlos entre los dos.

—Normalmente es preferible responder a sus preguntas con una sonrisa. ¿Has visto a alguno hoy?

—Esta mañana recibí una llamada preguntándome por tu amiguita.

John se tensó.

—¿Por Constance? Digo, ¿por la señorita Allen?

Don asintió con la cabeza.

—Por lo visto se ha corrido la voz de que nos están haciendo una auditoría y supongo que piensan que, cuando el río suena, agua lleva.

—Pero no es así.

—Eso lo sabemos tú y yo. Habrá que esperar a que ellos también se den cuenta.

—Umm —la prensa no sospecharía nada sobre Constance y él, ¿verdad? Eso sería perjudicial, para ella, para él y para el casino. Don no parecía sospechar nada.

—¿Es buena en la cama?

Se quedó helado.

–¿Quién?

Su tío le dio un codazo.

–A mí no me engañas. Veo cómo la miras.

–No sé de qué me estás hablando –contestó con calma, a pesar de que había empezado a sudar. ¿Tanto se le notaba su pasión por Constance? Era esencial mantenerlo en secreto hasta que acabara la auditoría y se hicieran públicos los resultados, aunque solo fuera por el bien de Constance.

–La señorita Constance Allen, auditora contable. Apuesto a que debajo de ese traje tan formal es un auténtico volcán.

–Eres insoportable. ¿A quién tenemos contratado para septiembre?

–Acabo de contratar a Jimmy Cliff y estoy en conversaciones para contratar a Celine Dion.

–Pues ponte con ello. Yo me voy al despacho –se dirigió a los ascensores con el corazón acelerado.

De pronto deseaba que Constance se marchara. No porque no quisiera volver a verla, sino porque quería acabar con todo aquel secreto, y no podría hacerlo hasta que ella terminara la auditoría. Necesitaba que volviera a Ohio y que acabara su encargo para que pudieran empezar de cero.

Estaba deseándolo.

Constance se duchó y devolvió varias llamadas. Era viernes, el día perfecto para hacer la maleta y marcharse, pero no estaba preparada para despe-

111

dirse de John. De hecho, en el fondo confiaba en que pudieran pasar al menos una noche más juntos. No quería volver aún a su aburrida existencia.

Llamó a la Oficina de Asuntos Indios con cierto nerviosismo. Empezaba a sentirse como una farsante. Si supieran lo que se traía entre manos con John, rescindirían el contrato con su empresa y seguramente la demandarían por dañar la reputación de la institución. Decidió mencionar lo más relevante que había descubierto.

—Don Fairweather juega en el casino y el año pasado ganó una cantidad importante. Más de cincuenta mil dólares.

—¿Pagó los impuestos correspondientes?

—No estoy segura. No he consultado las declaraciones de impuestos de los miembros de la tribu.

—Entonces pídeselas y échales un vistazo.

—¿Las de quién exactamente?

—La de cualquiera que juegue en el casino —contestó Nicola—. Enseguida descubrirás quién cumple con sus obligaciones fiscales y quién no. Y pide también las declaraciones de todos los jefes del casino, incluido John Fairweather. Examina al menos las de cinco personas.

—¿No son confidenciales las declaraciones de Hacienda? ¿Y si no me dejan acceder a ellas?

—Pediremos una orden judicial.

Constance estaba muy nerviosa cuando entró en el aparcamiento del casino. Tomó el ascensor para subir a las oficinas con la esperanza de que John no estuviera allí. Le resultaba violento verlo en el contexto profesional de la oficina después de lo que había ocurrido entre ellos. Y prefería pedirle su declaración de la renta mediante un correo electrónico o un mensaje de texto, no mirándolo a los ojos.

John estaba allí, por supuesto. Estaba hablando con un empleado de la caja, pero se despidió de él al verla acercarse.

–Hola, Constance –dijo con aire profesional, a pesar de que le brillaron los ojos.

Ella cuadró los hombros e intentó fingir desinterés.

–Buenos días.

–Buenos días. Espero que hayas dormido bien –añadió él en voz baja, y Constance sintió un estremecimiento.

Caminaron juntos hacia el despacho de John.

–Muy bien, gracias –contestó con voz cortante–. ¿Podemos hablar en privado?

–Claro.

Tomaron el ascensor para subir a su despacho. Constance sintió su curiosidad mientras subían en silencio. Procuró evitar su mirada, temerosa del efecto que surtía sobre ella. Respiró hondo.

–Mi contacto en la OAI me ha pedido que revise las declaraciones de renta de varias personas.

El semblante de John se ensombreció.

–¿De quién?

–La tuya –contestó sin rodeos. Había elegido a personas de distintos departamentos e incluido en la lista a tres miembros de la tribu que, según había descubierto, también solían jugar en el casino–. La de tu tío Don, la de Paul McGee, Mona Lester, Susan Cummings, Anna Martin y Darius Carter.

–¿Darius? Pero si es un crío. Casi no tiene edad para pagar impuestos.

Ella se encogió de hombros.

–¿Crees que debo hablar en persona con cada uno de ellos?

–¿Por qué esas personas?

–Han sido elegidas más o menos al azar –no quería entrar en detalles. En realidad, no era asunto de John.

Él pareció notar su reticencia, pero no preguntó nada más.

–Hablaré con ellos –dijo, ceñudo.

–¿Crees que alguno pondrá objeciones?

–Me aseguraré de que no. Además, ya hemos presentado todos nuestras declaraciones, así que, ¿qué tenemos que esconder?

–Exacto.

–Las tendré listas al final del día.

–Te lo agradezco mucho.

–Quiero besarte –añadió él con voz sugerente.

–No creo que sea buena idea –susurró Constance–. Tengo cosas que hacer.

–Yo también, pero eso no impide que te desee.

–Eres un liante.

–No te lo discuto. Por lo menos, parece que lo soy contigo –habían llegado a su despacho–. Aunque no me arrepiento de nada.

Cerró la puerta. Estuvieron besándose cinco minutos, hasta que empezaron a jadear de deseo.

–Yo antes era una profesional muy seria, que conste –balbució Constance cuando por fin se separaron.

–Y yo un hombre sensato. Desde que apareciste tú, todo eso se ha ido al garete –con su traje gris marengo y su camisa azul claro parecía la cordura personificada. Pero seguramente solo estaba fingiendo que estaba loco por ella–. Espero que tardes unos días en revisar esas declaraciones.

–Yo espero que no. Es embarazoso y muy poco profesional, pero la verdad es que espero no encontrar nada sospechoso.

–Espero no estar poniendo en peligro tu integridad profesional –repuso él con una sonrisa maliciosa.

–Nada podría ponerla en peligro. Créeme, si encontrara algo, informaría de ello.

–Eso me encanta de ti, Constance. Contigo, siempre sabe uno a qué atenerse.

–Eso pensaba yo antes. Estoy segura de que mi jefa se llevaría una sorpresa si supiera que ahora mismo me estás estrujando el trasero.

Él subió la mano hasta su cintura con expresión remolona.

–Tienes razón. Pero dado que nuestra relación no afecta a tu integridad profesional, no debería importarles lo más mínimo.

–Puede que no, pero estoy segura de que les importaría –le enderezó la corbata, que se le había torcido–. Ahora deberíamos fingir al menos que estamos trabajando. Preferiblemente en despachos separados, dado que parece que no podemos mantener la compostura cuando estamos en la misma habitación.

—De acuerdo, Constance. Luego nos vemos. Voy a decirles a todos que se vayan a comer a casa y que traigan sus declaraciones.

—Perfecto —¿de veras podía ser tan sencillo?—. Puede que tenga que hablar con ellos en privado. Quizás incluso tenga que revisar el estado de sus cuentas bancarias para asegurarme de que está todo en orden —contuvo la respiración, esperando su respuesta.

—Tomo nota —le guiñó un ojo. No parecía preocupado, lo que era un alivio.

Pero Constance tenía una pregunta más que hacerle. Una pregunta cuya respuesta ya conocía.

—¿Alguno de los miembros de la tribu juega en el casino?

—Yo no, y prefiero que los empleados no jueguen. Además, ellos saben mejor que nadie que a la larga siempre gana la banca. A Don le gusta apostar un poco, pero no hay nadie más que juegue regularmente.

—¿Don suele ganar?

—Eso dice —John le guiñó un ojo—. No sé si será verdad, pero de todos modos guardamos archivos de las apuestas que hacen los empleados.

—¿Podría echarles un vistazo? —no hacía falta mencionar que ya los había visto y que sabía que Don había ganado bastante dinero. Se sintió un poco culpable por fingir, pero por lo menos tenía la impresión de estar haciendo su trabajo.

–Claro que sí –John se inclinó hacia el ordenador portátil que había sobre la mesa y pulsó unas teclas. Apareció el archivo que Constance ya había revisado–. Aquí no vas a encontrar mi nombre.

–Me alegro de que no juegues.

–Yo también. Es mucho más interesante ser la banca.

Estaba tan seguro de su honradez que ni siquiera miró el archivo. La besó en los labios y la abrazó con ternura, y Constance sintió que se le encogía el corazón cuando cerró la puerta al salir. Si separarse un rato de él le dolía tanto, ¿cómo iba a sentirse cuando se despidieran para siempre?

Capítulo Nueve

Esa noche, John no la invitó a dormir con él. Mientras regresaba a su hotel con las declaraciones de los empleados en el asiento del copiloto, Constance no sabía si sentirse aliviada o desilusionada. Seguramente tenía alguna reunión. O algo importante que hacer. O planes más interesantes. A fin de cuentas, era viernes noche.

Si ella tuviera vida propia, regresaría a Ohio para pasar el fin de semana. Pero no la tenía, y le parecía mucho mejor quedarse allí y ahorrarse el dinero de la gasolina. Cenó una ensalada en la habitación mientras veía las noticias. Las declaraciones de Hacienda parecían observarla con cara de pocos amigos desde un extremo de la cama. Le daba miedo mirarlas. ¿Y si encontraba algo en la de John? Estaba obligada a informar de sus hallazgos, o incluso de cualquier sospecha. ¿Debía decírselo primero a él para que tuviera ocasión de explicarse?

Tomó su declaración con dedos temblorosos. Sus ingresos eran exorbitantes, pero procedían en su mayoría de inversiones privadas que no tenían nada que ver con el New Dawn. No encontró nada fuera de lo normal y, tras pasar varias horas revisándola, exhaló un suspiro de alivio y siguió adelante.

Tampoco encontró nada sospechoso en las declaraciones de Darius, Anna y Mona. La de Don la dejó para el final. Al revisar la documentación descubrió que, aunque Don pagaba muchos impuestos, no había declarado ninguna ganancia procedente del juego. Se alarmó, asaltada por un mal presentimiento. En ese momento sonó su teléfono y dio un respingo, sobresaltada. Era su amiga Lynn.

–Espero que estés en Cleveland, porque eres la única persona que conozco que querrá acompañarme al cine a ver la última película de Disney.

Constance no pudo evitar reírse.

–Me encantaría, pero sigo en Massachussets.

–¿Por qué no has vuelto para el fin de semana? Imagino que no te apetecía separarte del dueño del casino. Es tan sexy…

–¿Qué? Estás loca. Casi no lo veo –contestó atropelladamente.

–Vaya, veo que he puesto el dedo en la llaga. Ya sabía yo que, si se presentaba un tipo interesante, estarías dispuesta a todo.

–No digas tonterías. John Fairweather no me interesa en absoluto. Lo único que me interesa de él son sus datos financieros. Que, por cierto, están en orden.

–Menudo rollo. Yo esperaba que hubiera un escándalo y que te pagaran una prima enorme por haberlo descubierto.

–Solo estoy haciendo mi trabajo. No estoy pensando en posibles primas cuando reviso los libros de una empresa.

–Lo sé, lo sé. Pero es mucho más interesante cuando descubres cosas ocultas.

Aquel era el momento perfecto para hablarle de las ganancias que Don Fairweather no había declarado. Pero había prometido hablar con John primero. Se quedó paralizada al darse cuenta de que sentía más lealtad hacia John que hacia su empresa. Aun así, no estaba dispuesta a ocultar nada. En cuanto se lo dijera a John, informaría a su empresa y a la OAI.

–Estás muy callada. ¿Te pasa algo? –dijo Lynn.

–No, estoy bien. Solo un poco distraída. Estos últimos días han sido un torbellino de números y cuentas. Estoy deseando volver a mi apacible y aburrida vida de siempre.

–Pues esto está muy revuelto. Whitlow ha dimitido. Resulta que Lacey no ha sido la primera becaria que ha pasado por su mesa. En la oficina no se habla de otra cosa.

–Caramba –eso dejaría hueco para otro socio. Era imposible que la eligieran a ella, la considerarían demasiado joven, pero aun así…

–Ese viejo verde. Es alucinante que los hombres se arriesguen tanto por echar un polvo. Estas cosas hacen que una se alegre de ser mujer.

–Qué va. Las mujeres también nos arriesgamos.

–Tienes razón. Los humanos somos seres irracionales. Es lo que nos hace interesantes.

–Así es.

–¿Necesitas algo?

La pregunta de Lynn la pilló por sorpresa.

–No, nada. Seguro que la semana que viene estaré de vuelta.

–¿Y no has encontrado nada de nada?

Titubeó.

–Te lo contaré todo cuando vuelva.

–Entonces, ¿has encontrado algo? –susurró Lynn.

–No tergiverses mis palabras. Todavía estoy investigando.

–Soy una tumba.

–Pues sigue así y que pases buen fin de semana. Tengo que dejarte.

Colgó, algo nerviosa. Aquella situación se estaba complicando, y ahora tenía que hablar con John sobre el fraude fiscal cometido por su tío. No quería decírselo por teléfono, por si las líneas estaban pinchadas. Tendría que ir a buscarlo y comunicárselo en persona.

Cuando llegó al casino a la mañana siguiente John estaba en el vestíbulo hablando con Don. Constance desvió la mirada y se dirigió a los ascensores. No quería tener que hablar con un hombre al que estaba a punto de denunciar.

–Es una suerte que esté loca por ti –oyó decir a Don al pasar cerca de ellos–. No me gusta que esté husmeando en nuestras declaraciones. Asegúrate de que esta noche cene y beba bien. No nos conviene que se pase de la raya.

Se quedó paralizada. ¿Sabía Don que estaba liada con su sobrino?

–Mi declaración no tiene nada que objetar e imagino que la tuya tampoco –repuso John en tono algo desdeñoso.

Constance se ofendió al ver que no defendía su honor ni le decía a su tío que a ella no se la podía chantajear. Don soltó una risa falsa.

–Por mí no te preocupes. En mi declaración no va a encontrar nada. Y fui yo quien te dijo que era buena idea seducirla. Deberías hacerme caso más a menudo.

Constance se quedó boquiabierta. ¿Habían planeado aquello juntos? ¿Estaba siendo víctima de un complot? Parpadeó, incapaz de creerlo.

–No te pases de listo, Don –respondió John.

No podía creer que estuvieran hablando de aquello allí, donde cualquiera podía oírles. John había cambiado de tema y se había puesto a hablar de la banda que iba actuar esa noche. ¿Ni siquiera iba a molestarse en contradecir a su tío? La sensación de haber sido traicionada se apoderó de ella, helándole la sangre. De pronto, se alegró de haber encontrado aquella irregularidad en la declaración de Don. John se merecía las cosas que decía de él la prensa si era capaz de seducir a una mujer por puro interés.

Alzó la barbilla y se dirigió a los ascensores con paso decidido.

–Eh, Constance, ¿adónde vas? –preguntó John alzando la voz desde el otro lado del vestíbulo–. Hoy es sábado.

Se giró.

—Voy a las oficinas. Están abiertas el fin de semana, supongo –repuso quisquillosa.

–¿No pensabas decirme hola?

–He visto que estabas reunido.

–¿Reunido? –él se rio–. Don me estaba hablando del Maserati nuevo que ha encargado. Qué locura.

No dijo nada de la conversación que acababa de mantener sobre ella con su tío.

–¿Podemos ir a tu despacho? –le temblaban las manos y confiaba en no echarse a llorar.

–Claro que sí –contestó él en tono sugerente–. Me apetece muchísimo.

Ella miró las cámaras de seguridad y confió en que nadie escuchara las grabaciones.

–Se trata de algo grave.

John se puso serio.

–¿Sobre las declaraciones? –preguntó en voz baja.

–Te lo cuento arriba.

John cerró la puerta del despacho, pero por suerte no intentó besarla.

–¿Qué ocurre?

El corazón de Constance latía tan fuerte que apenas podía pensar.

–Se trata de Don. No ha declarado sus ganancias de juego.

John arrugó el ceño.

–Pues debería haberlo hecho.

Constance tragó saliva.

–Los archivos de la empresa muestran ganancias importantes. Puedes verlo tú mismo.

–Estoy seguro de que hay una explicación.

Ella respiró hondo.

–Te lo estoy contando a ti primero porque prometí hacerlo. Pero tengo que notificárselo a mi jefa y a la OAI.

–Dame un poco de tiempo para averiguar qué ha pasado. Hablaré con Don.

–No puedo. Tengo que informar de lo que he encontrado y he hecho mal en decírtelo a ti primero. Puede que haya una explicación razonable, pero el caso es que he encontrado una irregularidad. Tú mismo has reconocido que juega –levantó la barbilla con aire desafiante.

–Y no lo oculta.

–Pero no ha declarado esos ingresos.

John respiró hondo. Por un instante, Constance deseó abrazarlo, pero se contuvo.

–Don es un empleado clave del casino –dijo él, ceñudo–. Esto podría dañar gravemente nuestra reputación. Y eso es algo que no puedo permitirme.

–Si no quieres tener mala publicidad, deberías tener más cuidado con lo que haces. Seducir a la auditora encargada de inspeccionar tus cuentas seguramente no es muy prudente –se armó de valor, esperando su respuesta.

–A mí me ha sorprendido tanto como a ti.

–Ya. Pues yo he oído otra cosa ahí abajo.

John arrugó el entrecejo.

–¿Has oído a Don? Solo estaba bromeando.

–Pues tú no le has llevado la contraria.

Su semblante se suavizó.

–Responder habría sido dar más importancia de

la debida a sus insinuaciones. En realidad no tiene ni idea de lo que ha pasado entre nosotros.

Constance tragó saliva.

–Mejor. Como puedes imaginar, te agradecería que no hablaras de lo nuestro con nadie.

–Claro que no. Yo jamás haría eso –le tendió la mano, pero ella permaneció inmóvil.

–Lo que ha pasado entre nosotros ha sido un error y lo lamento. Ahora tengo la responsabilidad de informar de lo que he encontrado a las personas que me contrataron.

Él exhaló lentamente, con expresión amarga.

–La OAI se echará sobre nosotros con todo su peso.

–Yo tengo que hacer mi trabajo.

–Ya lo veo –apretó la mandíbula y se quedó mirándola.

Constance comprendió de pronto lo vulnerable que era. Su futuro, su carrera, estaban en manos de aquel hombre. Si así lo decidía, John podía poner fin a su carrera y arruinar su reputación con una sola llamada telefónica.

–Entiendo –la voz de John sonó fría, distante. No le suplicó, pero la emoción que Constance vio en su mirada le recordó los tiernos momentos que habían compartido.

–Voy a llamar a mi contacto –recogió su maletín, ansiosa por salir de allí y no volver nunca más.

Él abrió la puerta y se apartó. Cuando Constance pasó a su lado, sintió un destello de calor y tensión entre ellos. O quizá fueran imaginaciones suyas.

Oyó cerrarse la puerta a su espalda y casi se le rompió el corazón al darse cuenta de que aquella sería la última vez que vería a John.

John se apoyó contra la puerta, en parte para no abrirla de nuevo y salir en pos de Constance. No tenía sentido intentar convencerla. Estaba decidida a informar de lo que había descubierto.

¿De veras había cometido Don la estupidez de no declarar sus ganancias de juego? En el fondo ya sabía la respuesta. Y también sabía con qué entusiasmo acogerían los medios la noticia.

Además, tampoco podía decírselo a Don, ni a un abogado, porque para ello tendría que revelar que Constance le había dado información privilegiada. No quería traicionar su confianza. Le había hecho un gran favor al decirle lo que había encontrado. Y más aún teniendo en cuenta que sospechaba que la había seducido por simple interés. Había sentido el impulso de contradecirla y explicarle que sus sentimientos eran sinceros, pero sabía que no le creería. Daría por sentado que solo quería engatusarla para que no informara de sus hallazgos, lo cual la enfadaría aún más.

Maldiciendo, dio un puñetazo a la puerta. ¿Por qué se habían complicado tanto las cosas? Todo iba sobre ruedas hasta la llegada de Constance Allen. Ahora volverían a llover las acusaciones sobre ellos, y sabía muy bien que, si alguien buscaba un motivo para hacer desaparecer a los *nissequot*, aprovecharía aquella irregularidad como punto de partida para enredar a la tribu en un proceso legal que podía eternizarse.

Su prioridad absoluta era asegurarse de que eso no pasara. La segunda sería olvidarse por completo de Constance Allen. Si alguien descubría que se había acostado con ella durante la auditoría, los miembros de la tribu perderían su confianza en él. Don ya lo sospechaba. Tendría que proceder con sumo cuidado para que su tío no comenzara a hacer insinuaciones a la prensa y complicara más aún la situación.

Gruñó, enfadado. Esa mañana la vida le había parecido tan deliciosa y prometedora... La noche anterior no había podido ver a Constance porque tenía una cita previa con un amigo. La había echado mucho de menos, pero se había consolado pensando que podría tenerla en su cama muchos años en el futuro. Y de pronto esa posibilidad se había esfumado. Ni siquiera se le había pasado por la cabeza que pudiera encontrar alguna irregularidad. En cuanto a Don... Al parecer, las sospechas que vertía la prensa sobre él tenían algún fundamento, ¿y quién sabía qué más se traía entre manos aquel viejo truhán? Le dieron ganas de agarrar el teléfono y llamar a su tío, pero se contuvo. Le debía eso al menos a Constance.

Pero nada más.

***

Constance tenía los ojos llenos de lágrimas cuando cruzó el aparcamiento. Subió a su coche, arrancó y salió todo lo rápido que pudo. Se sentía como una traidora, aunque fuera absurdo. No debía lealtad al New Dawn, ni debía tener sentimientos por su propietario.

El problema era que los tenía. ¿Era una tonta por creerle cuando afirmaba que no le había contado a su tío lo que había entre ellos? Quería creerle, y recordaba muy bien lo feliz que se había sentido en sus brazos, explorando un lado sensual y apasionado de su ser desconocido hasta entonces. Iba a ser muy duro enterrar sin más aquellas emociones.

Tenía que llamar cuanto antes a la Oficina de Asuntos Indios, por si acaso John cedía a la tentación de avisar a su tío. No podía permitir que se corriera la voz de que le había informado antes que a nadie de su hallazgo. Paró y marcó el número de móvil de Nicola.

–Siento llamarte en fin de semana, pero he encontrado una irregularidad –dijo con calma.

Le habló de las ganancias procedentes del juego que Don no había declarado. De allí en adelante, sería Hacienda quien tendría que investigar. Ella había cumplido con su trabajo y debía sentirse satisfecha. No era así, sin embargo.

–Buen trabajo. Así tendremos una base en la que apoyarnos para seguir investigando. Hacía tiempo que sospechábamos de Don Fairweather. No entiendo por qué su sobrino le permite desempeñar un puesto tan relevante en la empresa.

–No interviene en la administración de la empresa. Se encarga de la publicidad y de contratar las actuaciones –Constance se oyó defender implícitamente a John y se maldijo por ello–. Entonces, ya he terminado aquí, ¿verdad? Me sentiría muy violenta si tuviera que quedarme después de hacer esas acusaciones –dijo.

–Sí, nuestro equipo legal se encargará del asunto a partir de ahora. Envíame toda la documentación relevante. Buen trabajo.

Apesadumbrada, Constance emprendió de inmediato el largo viaje en coche hacia Ohio, de regreso a su vida anterior, a su apacible trabajo en una oficina gris y a sus aburridas tardes en casa de sus padres.

Lo peor era que seguía esperando que sonara el teléfono. En parte seguía creyendo que lo que habían compartido era real. Habían tenido unas conversaciones tan fantásticas, una intimidad tan intensa... ¿O acaso eran todo imaginaciones suyas?

Ese lunes, en la oficina, su jefa, Lucinda Waldron, era toda sonrisas.

–Muy bien hecho, Constance. Era un encargo difícil y de nuevo has demostrado que eres uno de nuestros valores más sólidos. Además, es una suerte que no tengas familia de la que preocuparte. Cuesta encontrar una empleada a la que no le importe pasar días lejos de casa. Tengo un encargo interesante en Omaha, y eres la candidata perfecta.

–Esperando logro sonreír. ¿Omaha? ¿Y por qué no? Como decía su jefa, no tenía vida ni obligaciones. Podían enviarla a cualquier parte del país y a nadie le importaría salvo a sus padres, que tendrían que encargarse de los platos después de la cena.

Al llegar a su despacho, echó un vistazo a su correo electrónico con el corazón apesadumbrado. De pronto, Lynn se asomó a la puerta.

–He encontrado al hombre perfecto para ti. ¿Te acuerdas de Lance, el del departamento jurídico?

–Nunca saldría con un compañero de trabajo.

–No tienes por qué hacerlo. Se ha despedido. Ha encontrado trabajo en KPMG.

–Lo que significa que seguramente va a mudarse a otra ciudad. Y las relaciones a larga distancia nunca funcionan.

–¿Por qué no? Es mejor que no salir con nadie. Además, siempre podrías mudarte.

–¿Marcharme de Cleveland? ¿Y qué harían mis padres?

–Estoy segura de que sobrevivirán.

–No me atrae Lance.

–Casi no lo conoces. Tienes que darle una oportunidad. Puede que haya química entre vosotros.

Miró a su amiga.

–¿A ti te atrae?

Lynn se mordió el labio y se quedó pensando un momento.

–No, pero he pensado que querrías un hombre estable y tranquilo y…

–¿Y aburrido? ¿Y si quisiera a alguien salvaje, peligroso y excitante? –se recostó en su silla–. ¿Y si quiero a alguien que no se parezca en nada a mí, que pueda ayudarme a salir de mi existencia aburrida y rígida y que me haga ver el mundo con nuevos ojos?

Lynn se quedó mirándola.

–¿Eso quieres?

–No quiero salir con nadie –era imposible que mirara siquiera a otro hombre mientras aún tenía grabado a fuego el rostro de John en la memoria–. Tengo muchas otras cosas que hacer.

–¿Reordenar tu biblioteca, por ejemplo?

–Tengo que organizar una fiesta para recaudar fondos para la parroquia.

–Como siempre. Pero no estoy dispuesta a permitir que sigas malgastando tu vida. Es hora de que salgas de tu cascarón –Lynn le guiñó un ojo y se marchó.

Constance se hundió en su silla. Si su amiga supiera que ya había salido de su cascarón y que nunca volvería a ser feliz en él…

Capítulo Diez

John entró en el despacho de Don y arrojó los periódicos sobre su mesa.

—¿Ves lo que has hecho? Se ha filtrado a la prensa que has defraudado impuestos.

—Todo eso es una sarta de mentiras.

—¿No has jugado, no has ganado ese dinero? —cruzó los brazos.

—No me acuerdo.

—Eso no va a servir de nada, así que más vale que vayas contratando a un abogado. El casino no va a hundirse contigo, Don. Ya sabes lo que opino. No perdono ninguna actividad que pueda considerarse un incumplimiento de las normas. Dado que no reconoces que has jugado y que no declaraste tus ganancias, no tengo más remedio que relevarte de tu puesto.

Don se puso en pie, ceñudo.

—¿También vas a echarme a patadas de la tribu?

—Es una cuestión de negocios, Don, nada más. Siempre serás de la familia, pero no puedo permitir que sigas trabajando en el New Dawn si te imputan.

—¿Y qué hay de la presunción de inocencia?

—Si afirmaras que eres inocente sería distinto, pero no es el caso. Confiaba en ti, Don. Has sido mi mano derecha casi desde el principio de este proyecto. No puedo creer que lo hayas puesto todo en peligro por ahorrarte unas monedas de las que puedes prescindir sin ningún problema.

–Pagaré lo que deba.

–Tú sabes que no va a ser tan sencillo. Van a revisar tus declaraciones anteriores.

El rostro de su tío se ensombreció.

–Te dije que no quería que le dejaras ver mi declaración.

–Pero no me dijiste que era porque habías cometido un fraude.

–No he mentido. Puede que sencillamente no haya dicho toda la verdad.

John se refrenó para no maldecir.

–Nos habríamos evitado todo esto si hubieras hecho las cosas bien.

–Para ti todo es muy fácil. Siempre has sido el niño bonito.

–Me he dejado la piel para conseguir todo lo que he conseguido y no voy a permitir que lo eches por la borda –le dieron ganas de agarrarlo por el cuello por haberle metido en aquel lío y haber frustrado sus planes de seguir con Constance, pero se contuvo.

Don lo miró fijamente.

–Es una lástima que no usaras tu encanto para ahuyentar a Constance Allen, como te propuse.

–El encanto suele surtir el efecto contrario.

–No, tratándose de una autómata asexuada como esa. Una calculadora con traje.

John volvió a cerrar los puños.

–Guárdate tus opiniones sobre Constance Allen.

–Vaya, ¿he puesto el dedo en la llaga? Deduzco que has visto mucho más de lo que había debajo de ese traje de lo que yo creía. ¿Y si se lo cuento a la prensa? ¿Eh?

–No hay nada que contar –gruñó–. Sal de aquí antes de que te eche a patadas –añadió con furia.

John le había asegurado que estaba todo en orden, y se había equivocado. Y encima ella pensaba que la había seducido a propósito para interferir en su investigación.

–Veo que sientes algo por ella –dijo Don al colgarse el maletín del hombro.

–No, pero me enfurece que no haya dejado que solventara este asunto por mis propios medios. Podría haberte obligado a declarar todos tus ingresos sin necesidad de una denuncia.

Los dos se volvieron al oír llamar a la puerta.

–Señor Fairweather –dijo Angie, una de las empleadas–, está aquí la policía.

–Sabía que vendrían tarde o temprano –John se pasó una mano por el pelo–. Diles que suban.

–Cuánto me alegro de que estés en casa, cielo.

Constance estaba pelando zanahorias mientras su madre cortaba una pechuga de pollo para hacer una empanada. Llevaba tres días en casa y ya había vuelto a su rutina de siempre.

–Quizá tú puedas convencer a tu padre de que

coma mejor. Sigue teniendo el colesterol alto y se empeña en desayunar huevos con salchichas todas las mañanas.

–Mañana haré unas magdalenas sin azúcar. Creo que lo mejor es tentarlo para que deje de comer las cosas que le gustan pero le hacen daño, en vez de obligarlo a comer cosas que detesta.

–Tienes mucha razón, cielo. Sabía que a ti se te ocurriría algo. Espero que no te manden a trabajar fuera otra vez.

–La verdad es que van a encargarme un trabajo en Omaha. Les gusta que esté soltera y que no tenga obligaciones.

–Pero tienes una obligación para conmigo y con tu padre. Deberías decírselo.

–Deberíais acostumbraros a que no esté en casa, mamá. ¿Y si me caso?

Su madre se rio.

–¿Tú? Estás casada con tu trabajo. Ni siquiera te imagino con un hombre.

Constance agarró con fuerza el pelador. ¿De veras creía su madre que no quería casarse y tener familia? Claro que ¿por qué no iba a creerlo? Nunca había salido con nadie. Lo cierto era que no se había interesado por ningún hombre hasta que había conocido a John. Era imposible que lo suyo funcionara. John era un donjuán que al parecer la había seducido por simple interés.

–¿Por qué te tiemblan las manos?

Constance vio que su madre la miraba fijamente y siguió pelando la zanahoria más deprisa.

–Sabía que no tenías que ir a ese antro de iniqui-
dad. Desde que has vuelto pareces un fantasma.
Imagino que tuvo que ser agotador relacionarse
con esa gente.

–Es solo que estoy cansada –no hacía falta decirle que no dormía por las noches–. Ha sido un trabajo difícil y he trabajado muchas horas –y también
había disfrutado muchas horas más.

El recuerdo de los fuertes brazos de John rodeándola la atormentaba de madrugada. Cada vez que
pensaba en él se estremecía de deseo, a pesar de
que sabía que debía odiarla. Había visto las noticias
en Internet. Don había sido detenido y acusado de
fraude fiscal, y John había pagado de su bolsillo medio millón de dólares de fianza para sacarlo de la
cárcel. Sin duda no estaría tendido en la cama pensando en lo mucho que la echaba de menos. Incluso se hablaba de que iban a cerrar el casino mientras durara la investigación, y ella sabía que eso
supondría pérdidas millonarias para John y la tribu.

No le cabía ninguna duda de que John pensaba
en ella con ira y resentimiento.

Acababa de echar las mondas de las zanahorias a
la basura cuando se abrió la puerta de la cocina y
apareció su padre.

–Madre mía, Constance, no te vas a creer lo que
acaban de decir en las noticias. Que el indio del casino al que han detenido por fraude fiscal acaba de
declarar que el jefe de la tribu mantuvo relaciones
íntimas con la contable que fue a investigar sus
cuentas. ¿No eres tú?

Constante se sobresaltó.

–¿Qué? –preguntó con voz temblorosa.

–Dice que no es el único que ha incumplido las normas y que la gente debe conocer la verdad sobre la auditora de la OAI que lo ha denunciado –su padre se quedó callado–. No es cierto, ¿verdad, cariño?

–¡Constance Allen! –exclamó su madre–. Ya has oído a tu padre. Dinos enseguida que esas acusaciones son falsas.

Se irguió, temblorosa, y se lavó las manos bajo el grifo del fregadero.

–No son falsas –dijo sin atreverse a mirarlos.

–¿Has tenido una aventura con el hombre al que te mandaron a investigar? –su madre se acercó.

–Me mandaron a investigar los libros de la empresa. Hice mi trabajo –se secó las manos y miró a sus padres–. No era mi intención hacer nada más, pero... –¿cómo podía explicarles lo ocurrido?–. Era muy guapo y amable y he sido una tonta.

–No me cabe duda de que ese hombre se propuso seducirte para influir en tu investigación –afirmó su madre.

–Puede que sí –dejó el paño. Todavía le temblaban las manos–. Pero aun así cumplí con mi trabajo. Como ya sabéis, descubrí el fraude fiscal de uno de sus familiares.

–¿Te has acostado con ese hombre? –siseó su madre.

–¡Sarah! ¿Cómo puedes preguntar eso? –preguntó su padre, estupefacto.

Constance sintió humillación y tristeza.

137

–Sí, mamá. Lo siento, papá. Es la verdad. No me enorgullezco de ello. Todavía no sé qué me pasó –dejó escapar un suspiro, apesadumbrada–. Por lo visto no soy de piedra, después de todo.

–Sabía que no debías ir a ese casino. Un sitio como ese no es un lugar seguro para una chica como tú.

–No es el lugar, mamá. Soy yo. Llevo demasiado tiempo viviendo escondida. No me había dado cuenta de lo sola que estaba.

–Ese hombre no debe tener ningún sentido del honor si ha hablado con la prensa de vuestra… relación –su padre arrugó el ceño–. Claro que ha sido el otro el que ha salido en las noticias. Ese al que acusaste de evasión de impuestos –carraspeó–. Imagino que este asunto se olvidará tarde o temprano.

–Ay, Dios –su madre se llevó las manos a la boca–. Te van a despedir, ¿verdad?

–Seguramente –su voz sonó hueca–. De hecho, supongo que debería renunciar a mi puesto.

–Siempre habrá un sitio para ti en la ferretería. Nuestros clientes te adoran –dijo su padre.

Constance se estremeció al pensar en atender a personas que conocían lo ocurrido.

–¿Qué quieres, exhibir a nuestra hija como si fuera una atracción de feria, Brian? No puede dejarse ver en público con un escándalo como este. Dios mío, ¿qué dirá el pastor?

Constance no pudo soportarlo más. Salió corriendo de la cocina. Sabía desde el principio que era un error acostarse con John. Ahora había perdido su trabajo y seguramente se lo merecía.

John caminaba a toda prisa por el sendero, hacia el bosque. No tenía por costumbre huir de los problemas, pero en aquel momento necesitaba desfogarse. Oyó romperse una rama a su espalda y se giró, temiendo ver a otro periodista tras él.

Pero no. Era su tío, que sudaba y jadeaba intentando alcanzarlo.

—¡Piérdete!

—¡Espera! Quiero disculparme.

—Es demasiado tarde para eso —replicó con ira.

Pero Don siguió acercándose.

—Correr no va a servirte de gran cosa. Igual que mentir y engañar —John apretó el paso a pesar de que sentía el impulso de volverse y asestarle un puñetazo.

—Te prometo que no volveré a mentir, ni a engañar a nadie —jadeó Don mientras se esforzaba por alcanzarlo—. Y no volveré a jugar.

—¿Qué tal si no vuelves a hablar nunca más? —le gritó John.

—Eso no puedo prometértelo. ¿Lo ves? No estoy mintiendo.

John se giró y alargó el brazo, golpeándolo en el pecho de un puñetazo. Su tío se dobló por la cintura.

—Debería darte una paliza.

—Pero sería un delito y tú estás por encima de esas cosas.

–Exacto –miró a Don, que seguía jadeando–. Además, intento levantar la tribu, no matar a sus miembros con mis propias manos.

–Lo siento mucho, de verdad.

–¿Qué es lo que sientes? Has hecho tantas cosas que he perdido la cuenta. Te están investigando por fraude fiscal. Podrías ir a la cárcel. Y encima le has dicho a la prensa que me había enrollado con Constance Allen.

–Estaba enfadado contigo. No creía que fueran a creérselo. Ni yo mismo lo creía. Deberías haberme dicho que era cierto, así habría mantenido la boca cerrada. Porque es cierto, ¿verdad?

–Como si fuera a confiar en ti –debería haber rechazado la insinuación de su tío, en lugar de ignorarla. Negar sus sospechas.

Pero eran ciertas.

No conseguía quitarse a Constance de la cabeza ni un segundo.

–Sé que crees que soy idiota, y la verdad es que a veces lo soy –añadió Don, empapado de sudor–. Pero sé que había algo entre esa chica y tú. Y no me refiero solo a sexo. Tengo la sensación de que estás loco por ella.

John dio un respingo.

–¿Loco por ella? Tú sí que estás loco. Solo intento averiguar cómo impedir que todo lo que hemos levantado se vaya a pique. Ni siquiera me acuerdo de… de ella.

Don se irguió y se limpió el sudor de la frente.

–Tienes que ir a buscarla y recuperarla.

–Sí, seguro que a la prensa le encantaría.

–Hablo en serio. No es un delito enamorarse. Ella hizo su trabajo y me denunció.

–Tiene principios, no como otros.

Don cruzó los brazos.

–Lo digo en serio. No quiero que me culpes por haber perdido al amor de tu vida.

John soltó un soplido.

–No necesito tus consejos para llevar mi vida, gracias. Creo que puedo hacerlo perfectamente yo solo.

Don insistió:

–Entonces, ve tras ella.

John respiró hondo. La brisa le refrescó la cara y un pájaro cantó en un árbol cercano.

–Aunque ahora mismo te odio más que a nadie en el mundo, por una vez puede que tengas razón.

Encargó un anillo en la tienda de Tiffany's de Manhattan y pidió que se lo enviaran. Alquiló un avión en el aeropuerto local y subió a él lleno de expectación.

¿Se estaba precipitando al tener la intención de pedirle que se casara con él en lugar de invitarla sencillamente a regresar a su vida? Seguramente. Pero para que se mudara a Massachussets Constance tenía que estar muy segura de lo que iba a hacer, y quería que supiera que pensaba ofrecérselo todo, incluido el matrimonio.

Aquella palabra resonó en su cabeza. Normalmente, solo de pensar en el matrimonio le habría hecho salir despavorido. Ahora, en cambio, aquella palabra tenía una nota tranquilizadora. Su abuela decía siempre que, cuando uno conocía a la persona adecuada, lo sabía sin más. No hacía falta salir con esa persona durante años o conocer con detalle su vida. John, además, confiaba en su instinto. Y su instinto le decía que Constance era la mujer que había estado esperando todos esos años. La necesitaba en su vida, en sus brazos, en su cama.

Ahora lo único que tenía que hacer era convencerla. Y para eso tenía que hacerle entender que sus intenciones habían sido honorables desde el principio.

Llegó al aeropuerto de Cleveland y sintió un hormigueo de nerviosismo al tocarse el anillo en el bolsillo del pantalón. Luego alquiló un coche y programó el GPS.

Sintió que le palpitaba la sangre en las venas cuando llegó a la modesta casa de los padres de Constance en un soñoliento barrio de Cleveland. El coche de Constance estaba en el camino de entrada. Aparcó detrás y notó un cosquilleo de inquietud cuando pulsó el timbre.

–Ay, señor, ¿quién será? –dijo una voz de mujer a lo lejos.

Compuso una sonrisa animosa cuando se abrió la puerta y una mujercilla de pelo castaño y corto apareció en el umbral.

–Hola, usted debe de ser la señora Allen –le tendió la mano.

–Déjennos en paz –replicó la mujer, y le cerró la puerta en las narices.

John llamó otra vez al timbre.

–No soy periodista –gritó–. Ni vendedor –vio que la silueta borrosa se detenía tras la puerta de cristal–. Soy un amigo de Constance.

Vio que la mujer daba media vuelta. La puerta se abrió una rendija y un par de ojos grises lo miraron con desconfianza.

–Constance está enferma.

–¿Qué? –dio un paso adelante, poniendo una mano en la puerta–. ¿Qué le pasa?

–¿Quién es usted?

–Me llamo John Fairweather –le tendió la mano otra vez–. Encantada de conocerla –añadió poniendo la rodilla delante de la puerta por si acaso intentaba cerrarla otra vez. Y, en efecto, un instante después, notó la presión de la puerta en el brazo y la pierna.

–¡Váyase de aquí, sinvergüenza!

John respiró hondo.

–Creo que hay un malentendido. Constance investigó mi empresa, pero no encontró ninguna irregularidad en mi declaración, sino en la de mi tío.

La mujercilla dejó de empujar la puerta y se acercó a él con la cara crispada por la rabia.

–Sedujo usted a una chiquilla inocente –siseó–. Debería darle vergüenza.

John decidió no decirle que Constance no era ni tan joven, ni tan inocente.

–Su hija es una persona única y muy especial, y

143

estoy seguro de que en buena parte se debe a usted, señora Allen. Admiro su integridad y estoy orgulloso de conocerla.

–Pues ella no quiere saber nada de usted. Seguramente van a despedirla, con todos esos rumores que circulan por ahí. ¿Qué tiene que decir en su defensa?

–Constance no tiene nada que esconder. Hizo su trabajo meticulosamente. Estoy seguro de que su jefa no podrá culparla de nada. ¿Puedo verla, por favor?

De pronto, un hombre con aspecto de tímido apareció al fondo del pasillo.

–¿Qué pasa, querida?

–Este es John Fairweather, Brian –contestó su mujer sin quitarle la vista de encima a John.

–Lo siento, pero no es usted bienvenido en esta casa –el señor Allen miró con nerviosismo a su mujer–. Más vale que vuelva por donde ha venido.

–Estoy enamorado de su hija –dijo John, desesperado–. Por favor, déjenme verla –luego sonrió y añadió–: No voy a marcharme hasta que hable con ella. Acamparé en su jardín si es necesario.

La señora Allen miró a uno y otro lado de la calle por si había alguien observándoles. Luego le lanzó una mirada gélida.

–Será mejor que pase.

John procuró no sonreír demasiado al cruzar el umbral.

–¡Constance, cielo! –gritó el señor Allen escalera arriba–. ¿Puedes bajar, cariño?

Miraron los tres con ansiedad hacia la escalera en penumbra, pero no se abrió ninguna puerta. John oyó música allá arriba.

–Creo que tiene la radio puesta y no le oye. ¿Les importa que suba y llame a su puerta?

Los Allen se miraron.

–Supongo que no –masculló la madre–. Más daño del que ha hecho ya, no puede hacer.

John subió a toda prisa la escalera y llamó a la puerta.

–Necesito estar sola, mamá.

–Soy yo, John.

La música se apagó de pronto.

–¿Qué?

La puerta se abrió de golpe. Constance llevaba unos pantalones de pijama a rayas y una camiseta blanca. Parecía haber estado llorando. Estaba guapísima pero parecía muy frágil, y John deseó tomarla entre sus brazos.

–Pero qué cara más dura tienes –dijo ella en voz baja, escudriñando su cara.

–Eso no es ninguna novedad –John sintió que una sonrisa se extendía por su cara–. Te echaba de menos.

–¿Le contaste lo nuestro a Don? –su mirada se endureció.

–No, nunca le he dicho nada sobre nosotros. Pero estaba enfadado porque lo despedí.

–Pero tampoco lo negaste.

–No puedo negarlo. Es la verdad –intentó reprimir una sonrisa.

Ella arrugó el ceño.

–Es una pena que tu plan de seducirme no consiguiera despistarme, ni convencerme de que ocultara la verdad. Oí tu conversación con Don en el vestíbulo.

–Nunca ha habido ningún plan. Don lo sugirió, pero yo nunca tuve la intención de hacerle caso.

–Sí, claro. Por eso me besaste la primera noche, porque soy irresistible –Constance ladeó la cabeza.

–Exacto –John se esforzó por no sonreír.

–No soy tan tonta, John.

–No eres tonta en absoluto. Y por eso, entre otras muchas razones, estoy loco por ti.

Ella arrugó el ceño, confusa.

–¿Qué haces aquí? No voy a desmentir que hemos estado juntos, si eso es lo que pretendes. Prefiero dar por terminada mi carrera que contar una mentira así de grande.

–Lo mismo digo –se metió la mano en el bolsillo. No tenía sentido andarse por las ramas. Cuando Constance viera el anillo, se daría cuenta de que hablaba en serio–. Soy consciente de que hace muy poco tiempo que nos conocemos –sacó la caja y vio que ella fruncía el ceño–. Pero entre nosotros hay algo, algo distinto –por una vez le fallaron las palabras–. Te quiero, Constance. Te quiero y necesito que formes parte de mi vida. Nunca he conocido a nadie como tú y quiero pasar el resto de mi vida contigo. ¿Quieres casarte conmigo?

Capítulo Once

Constance lo miró, atónita.

—¿No estás enfadado conmigo?

—¿Por ser sincera y cumplir con tu obligación? No, nada de eso. Te quiero aún más por ello.

Ella parpadeó. John estaba ridículamente guapo con aquella expresión indecisa y la cajita azul en la mano. Y el anillo era precioso.

—No puedes hablar en serio. Sobre lo de casarnos, quiero decir.

—Constance, me conoces lo suficiente para saber que jamás bromearía con una cosa así. Te quiero y quiero que seas mi esposa —sus ojos brillaron.

Constance miró el anillo y luego volvió a mirarlo a él. Aquello superaba todas sus fantasías. No se había permitido soñar esa locura.

—No puedes hablar en serio.

—¿Estás bien, Constance? —preguntó su padre desde el otro lado de la puerta, que John había cerrado al entrar.

—Sí, papá, estoy bien.

—Estoy enamorado de ti —John se arrodilló—. Por favor, di que vas a casarte conmigo.

A ella se le saltaron las lágrimas. Sintió en su voz que era sincero.

–Sí –era la única respuesta que podía dar.

John se levantó. Le brillaban los ojos.

–¿Puedo besarte?

Ella se mordió el labio y miró la puerta. Miró a John y se derritió al ver su mirada tierna.

–De acuerdo.

Se besaron y Constance sintió que se derretía. Él la rodeó con sus fuertes brazos y la sostuvo cuando comenzaron a flaquearle las piernas.

–Dios, cuánto te echaba de menos –susurró John cuando por fin se separaron para respirar–. Odio estar sin ti. ¿Volverás conmigo ahora mismo?

Constance se mordió el labio.

–¿Y mi trabajo? Me han apoyado mucho. No se creen que haya tenido una aventura contigo y yo no he tenido valor para reconocerlo. Cuando se enteren de que es cierto y no lo he reconocido, tendrán motivos fundados para despedirme.

John sonrió.

–Me gusta que te tomes tan en serio tus responsabilidades. Y está claro que van a saber que hemos estado juntos cuando les digas que vamos a casarnos.

–Sí, pero tengo que tranquilizarles para que no piensen que eso interfirió en mi trabajo.

–Lo que piensen los demás no me quita el sueño –la besó suavemente en la boca, imperturbable–. Estoy convencido de que, si lo que decido hacer está bien, puedo mantener la cabeza bien alta delante de cualquiera. Incluidos tus padres –miró hacia la puerta y guiñó un ojo–. ¿Crees que debemos ir a decírselo?

Ella asintió, un poco nerviosa.

–Imagino que no queda otro remedio.

John abrió la puerta y encontró a los señores Allen en el pasillo.

–Ya lo hemos oído –dijo la madre con expresión aturdida. Y apreciamos que este joven haya tenido el honor y la decencia de hacer de ti una mujer decente –su madre miró fijamente a John.

El señor Allen carraspeó.

–Dadas las circunstancias estoy completamente convencido de que quiere a nuestra hija. No puedo decir que nos guste el negocio al que se dedica, pero os deseamos lo mejor a los dos.

–¿Sí? –Constance estaba atónita–. Tendré que mudarme a Massachussets.

–Iremos a visitaros encantados.

Constance miró a sus padres y luego miró a John. ¿Acaso tenía poderes mágicos de persuasión?

–Estoy deseando conocerles mejor –él les estrechó la mano calurosamente–. ¿Me permiten que les invite a cenar para celebrarlo?

El señor Allen seguía estando un poco perplejo, pero parecía feliz.

–Será un placer.

Tras una agradable cena en el restaurante italiano preferido de sus padres, John y Constance se fueron en coche a un hotel cercano. Una vez en la habitación, con la puerta cerrada, se miraron el uno al otro.

–¿Estoy soñando? –preguntó Constance.

–Creo que vas a tener que pellizcarme para averiguarlo –contestó él en tono sugerente.

Ella respiró hondo, luego estiró el brazo y le pellizcó en el trasero.

–Sí, estoy despierto –sus ojos se oscurecieron de deseo–. Ahora te toca a ti –deslizó las manos por las caderas de Constance y agarró su trasero. La apretó y la levantó tan deprisa que Constance sofocó un grito de sorpresa–. Ajá, tú también estás despierta.

Sosteniéndola en vilo, la apoyó contra su cuerpo y dejó que se deslizara lentamente hacia abajo. Ella sintió el bulto duro de su erección a través de los pantalones.

–Despierta y, si no me equivoco, tan excitada como yo.

Ella se mordió el labio y asintió. Cuando sus pies tocaron el suelo, echó mano de los botones de la camisa de John. Sintió que se le aceleraba la respiración mientras los desabrochaba y dejaba al descubierto su musculoso pecho. Él desabrochó los botoncitos de su blusa con expresión tan concentrada que hizo reír a Constance.

Ella besó su pecho y aspiró su aroma masculino. Luego su boca se deslizó hasta sus caderas y oyó que contenía la respiración cuando besó su miembro duro a través de la tela de los pantalones. Le bajó la cremallera y los pantalones por los poderosos muslos y sintió que se volvía loca de deseo al verlo tan excitado. John le quitó la falda y las medias y la tumbó en la cama. Estuvieron un momento tumbados el uno al lado del otro, disfrutando de la visión de sus cuerpos desnudos.

Constance recordó de pronto que estaban en un hotel con paredes finas como el papel.

—Quizá deberíamos poner la radio —dijo.

John le guiñó un ojo.

—Eres tan práctica… Eso me encanta de ti. Tienes razón, no queremos que todo el hotel oiga tus gritos de pasión —encendió la radio que había junto a la cama y giró el dial hasta que encontró una canción lenta—. Y hablando de cosas prácticas… —buscó en su bolsa y sacó un paquete de preservativos, abrió uno y volvió a tumbarse en la cama con ella.

—Te quiero dentro de mí —suplicó.

John pareció sorprendido.

—¿Sin preámbulos?

—Ahora mismo no necesito preámbulos. Y veo que tú tampoco.

—Cierto —gruñó él al tiempo que Constance empuñaba su miembro para ponerle el preservativo.

Con una seguridad que le sorprendió, se deslizó bajo él y lo guio dentro de sí. Levantó las caderas cuando la penetró y la sensación de euforia que se apoderó de ella la dejó sin aliento. Era tan delicioso… Comenzaron a moverse juntos, los dos al borde ya de la explosión.

—Te quiero —confesó ella de pronto, sin poder refrenarse, mientras las primeras oleadas del orgasmo recorrían su cuerpo como un tornado.

—Yo también te quiero, cariño —John se movía sobre ella con lenta intensidad.

Constance lo sintió palpitar dentro de sí y su corazón se lleno de felicidad.

–Tantísimo…

A ella le dieron ganas de reír.

–Cuando estoy contigo, me siento una persona completamente distinta.

–Conmigo eres tú de verdad. Y lo mismo me pasa a mí. Estaba tan concentrado en ganar dinero que no tenía tiempo para otra cosa, y tú estabas tan concentrada en ser perfecta que necesitabas que alguien te obligara a parar en seco.

–Y me recogiera al caer.

John se rio. Luego se apartó de ella, se tumbó a su lado y la abrazó.

–Que te recogiera y te abrazara con fuerza para que no te escabullas –le dio un tierno beso.

A Constance se le saltaron las lágrimas.

–¿Qué ocurre? –él acarició su mejilla.

–Estoy pensando en los cambios que me esperan. ¿Dónde voy a trabajar?

–Bueno, ya sabes que en el New Dawn nos gusta contratar a los miembros de la familia –le guiñó un ojo.

Constance arrugó el ceño.

–¿Qué haría allí?

John la miró muy serio.

–Lo que te parezca interesante. Tus conocimientos de contabilidad financiera nos vendrían muy bien. Así yo podría dedicarme a las relaciones públicas. Sospecho que lo haré mejor que Don.

Constance contuvo la respiración.

–Llevo años asesorando a empresas. Tal vez me apetezca dedicarme a otra cosa –se mordió el labio, pensativa–. Siempre he querido ser maestra, pero mis padres me decían que iba a ser muy desgraciada porque las aulas estaban llenas de gamberros. Por eso me dediqué a la contabilidad.

–Qué interesante –John la miró–. Ahora que están viniendo tantos miembros de la tribu de todo el país, tenemos mucho que enseñarles sobre el negocio. Quizá podrías empezar por ahí y luego sacarte el título de maestra y dedicarte a la enseñanza. Creo que se te dará de maravilla –la besó tiernamente en la boca.

–Mañana mismo me despido del trabajo. No sé si me harán trabajar otras dos semanas, o si me acompañarán hasta la puerta con mis pertenencias en una caja de cartón.

Los ojos de John brillaron.

–Seguramente será lo segundo cuando se enteren de que vas a casarte conmigo.

Constance sonrió.

–Supongo que es una suerte, dadas las circunstancias.

–Desde luego que sí.

Epílogo

Acción de Gracias

–Hay quien dice que los nativos americanos no deberían celebrar Acción de Gracias –John estaba de pie, a la cabecera de la mesa de su comedor, llena de manjares, en la casa de la granja recién reformada–. Dicen que fue un error que nuestros antepasados enseñaran a los primeros colonos a encontrar alimento y a sobrevivir en nuestro país. Creen que habría sido preferible que les dejaran morir de hambre.

Hizo una pausa y miró a los invitados. Sus abuelos sonreían orgullosos, y Constance se preguntaba si ya habían oído aquel discurso otras veces.

–No estoy de acuerdo –continuó John–. Me siento orgulloso de descender de aquellos que prefirieron tender la mano de la amistad. Es indudable que nuestro pueblo ha pasado por muchas tribulaciones desde entonces, pero aquí seguimos, contemplando el futuro con ilusión.

Levantó su copa de champán y Constance levantó la suya. Aún le costaba creer que aquel hombre tan alto y guapo fuera su marido.

–Y ese futuro se ha vuelto un poquitín más radiante… –miró a Constance y ella le devolvió la sonrisa.

Habían hablado de cuándo anunciarlo y habían decidido que aquel sería el momento perfecto. Sintió un cosquilleo en el estómago, en torno al minúsculo bebé que crecía dentro de ella.

–Porque estamos esperando a un nuevo miembro de la tribu *nissequot* que se unirá a nosotros en el mes de junio.

Su abuela contuvo la respiración y se volvió hacia su marido.

–¿Un bebé? Ay, John, ¿has oído eso?

–Sí, lo he oído –el abuelo sonrió y le palmeó la mano–. Y es maravilloso.

Las felicitaciones que siguieron hicieron sonrojarse a Constance, que se levantó de pronto, impulsada por la emoción.

–En mayo todavía vivía en Ohio, en casa de mis padres, y ahora, en noviembre, estoy esperando un hijo, me he casado con un hombre maravilloso, vivo en una granja preciosa en Massachussets y estoy estudiando magisterio. Todavía estoy un poco aturdida, pero os agradezco muchísimo a todos cómo me habéis acogido y habéis hecho que la transición hacia mi nueva vida fuera tan fácil y agradable.

Hasta sus padres, que habían ido a pasar con ellos el día de Acción de Gracias, estaban sonriendo. John levantó su copa.

–Todos los días agradezco a la Oficina de Asuntos Indios que te enviara a hacer esa auditoría.

Se oyeron risas.

–Hasta Don se alegra de que Constance descubriera lo que había hecho antes de que se metiera en un lío mayor. Ha tenido suerte de que solo le hayan condenado a un mes y medio de prisión.

Finalmente, el casino había salido indemne y la publicidad que había generado el escándalo atraía a más gente que nunca.

–El año que viene podremos completar la compra de los terrenos del límite este y empezar a construir el parque acuático –miró a Constance, divertido. La idea del parque acuático era suya–. Aquí cada día es una nueva aventura, y me alegro de estar compartiendo cada una de esas aventuras con mi alma gemela.

–Te quiero –dijo ella en voz baja.

–Yo también a ti, cariño –susurró él, emocionado–. Y doy gracias por poder pasar el resto de mi vida contigo.

Constance sintió que se le saltaban las lágrimas.

–A veces hay tantas cosas por las que dar las gracias que uno no sabe por dónde empezar, así que sugiero que disfrutemos todos de esta estupenda comida antes de que se enfríe –dijo.

–Tienes mucha razón –intervino el abuelo de John–. Damos gracias al Creador por estos manjares y por el placer de compartirlos todos juntos. ¡A comer!

LA LEYENDA DEL BESO

SARA ORWIG

Cuando una tormenta de nieve dejó atrapado al ganadero Josh Calhoun en una pequeña posada de Texas, no fue el aburrimiento lo que le hizo fijarse en Abby Donovan. La dueña de aquel local, con su cola de caballo y su dulce sonrisa, tenía algo que lo atraía irremediablemente. Josh no podía dejar de desearla… ni de besarla.

Cuando las carreteras quedaron despejadas, Abby accedió a hacer una escapada a Nueva York y al enorme rancho de Josh en Texas, a un mundo opulento desconocido para ella. ¿Se quedaría con aquel vaquero tan irresistible o volvería a su tranquila vida?

Él se negaba a decirle adiós

¡YA EN TU PUNTO DE VENTA!

Acepte 2 de nuestras mejores novelas de amor GRATIS

¡Y reciba un regalo sorpresa!

Oferta especial de tiempo limitado

Rellene el cupón y envíelo a
Harlequin Reader Service®
3010 Walden Ave.
P.O. Box 1867
Buffalo, N.Y. 14240-1867

¡Sí! Por favor, envíenme 2 novelas de amor de Harlequin (1 Bianca® y 1 Deseo®) gratis, más el regalo sorpresa. Luego remítanme 4 novelas nuevas todos los meses, las cuales recibiré mucho antes de que aparezcan en librerías, y factúrenme al bajo precio de $3,24 cada una, más $0,25 por envío e impuesto de ventas, si corresponde*. Este es el precio total, y es un ahorro de casi el 20% sobre el precio de portada. !Una oferta excelente! Entiendo que el hecho de aceptar estos libros y el regalo no me obliga en forma alguna a la compra de libros adicionales. Y también que puedo devolver cualquier envío y cancelar en cualquier momento. Aún si decido no comprar ningún otro libro de Harlequin, los 2 libros gratis y el regalo sorpresa son míos para siempre.

416 LBN DU7N

Nombre y apellido	(Por favor, letra de molde)
Dirección	Apartamento No.
Ciudad	Estado Zona postal

Esta oferta se limita a un pedido por hogar y no está disponible para los subscriptores actuales de Deseo® y Bianca®.
*Los términos y precios quedan sujetos a cambios sin aviso previo.
Impuestos de ventas aplican en N.Y.

SPN-03   ©2003 Harlequin Enterprises Limited